NF文庫
ノンフィクション

最後の紫電改パイロット

不屈の空の男の空戦記録

笠井智一

潮書房光人新社

最後の紫電改パイロット——目次

序章　昭和十九年七月二十一日一〇三〇

第一章　予科練・飛練時代

第二章　太平洋の激闘

第三章　本土防空戦

第四章　戦後の日々

激闘の記録

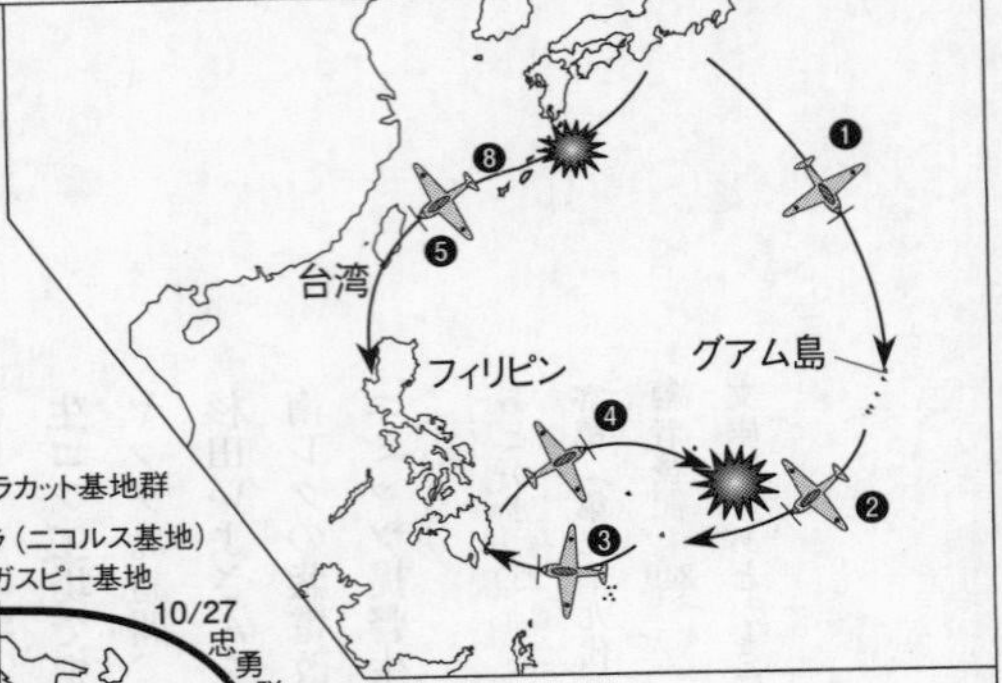

昭和19年（1944）

❶3月、グアムに進出。4月、杉田庄一一飛曹（当時）がグアムに転勤してくる。4月25日初の空戦に参加

❷5月ペリリューに進出。敵艦載機と数度にわたり空戦

6月11日
米機動部隊が日本側の裏をかき、サイパン、テニアンなどを攻撃。263空は守備隊支援のためサイパン島の敵上陸部隊を攻撃

7月10日
❸201空に編入、ダバオ（フィリピン）に移る
菅野大尉と初めて会う

7月13日
❹菅野分隊はヤップ島へ進出。敵機邀撃に向かう

7月13日〜24日
ヤップ島上空でB24邀撃戦を展開。撃墜17、撃破46の戦果で菅野分隊は一航艦司令長官より表彰される

7月24日
敵機に撃たれ、ヤップ島の環礁内に不時着

10月26日
❺内地から16機編隊でマバラカット（フィリピン）に戻る

10月27日
❻第一ニコルス基地を発し第二神風特別攻撃隊「忠勇隊」の直掩を担う。特攻の敵艦突入を見届けた後、暗闇の中、セブ島に着陸。2日後、輸送機での帰途、P38と遭遇。菅野大尉の操縦でルバング島に不時着

11月頃
❼特別命令を受領、途中2回の不時着を経て内地に帰還

12月25日
2代目343空（通称「剣」部隊）が松山で開隊。戦闘301飛行隊に配属される

昭和20年（1945）

1月19日
源田実大佐が343空司令として松山に着任

3月19日
343空の初陣。大戦果を上げるも菅野隊長の2番機だった日光一飛曹が未帰還

4月8日
343空鹿屋基地に進出

4月12日
❽紫電改で初の空戦に参加。喜界島上空でF6F2機不確実撃墜

4月15日
杉田庄一上飛曹、鹿屋で敵機の急襲を受けて戦死

4月17日
鹿屋基地離陸直後に不時着

6月
哨戒中にP51、PB2Yと交戦

7月24日
豊後水道上空で鴛淵隊長、武藤少尉ら6機未帰還。このとき本隊から分かれ、B29迎撃に向かうが追いつけず

8月1日
屋久島西方の空戦で菅野隊長未帰還

最後の紫電改パイロット

不屈の空の男の空戦記録

序章　昭和十九年七月二十一日一〇三〇《ひとまるさんまる》

『電探報告！　目標、敵大型機編隊らしきもの近づく、一〇三〇《ひとまるさんまる》！』

天幕を立てただけの戦闘指揮所内には搭乗員の待機所があった。そこで待機していた私は、指揮所に入電した電探報告を復唱する電信員の声を聞きながら、飛行帽と眼鏡を持つ手に力を込めた。

「おいっ！　今日も来たぞっ！」と分隊長が語勢を強めた。

待機所を出て、南国の強烈な日差しの下、飛行場に並ぶ零戦五二型を目指してわれわれは全速力で走った。そして座席にすわり、腰の装帯（ベルト）を締めて固定し、落下傘の自動曳索用の茄子環をつなぎながら、「今日も敵さんお出ましかっ、よし、やったるぞっ！」との決意を胸に秘めた。

操縦桿を上下左右に動かして昇降舵・方向舵の動作を手早く確認し、ブレーキを踏み右手を操縦桿に添えたまま左手でスロットルレバーを二度全開にして試運転を行なう。全速いっぱいの回転数で廻《まわ》るエンジンの轟音の中、予科練から苦楽をともにしてきた和歌山県出身の同期生、松尾哲夫一飛曹と顔を見合わせてうなずいた。言葉はいらない。風防越しに見る眼と眼だけで気持ちは通じ合う。

一番機が列線（地上に並べて駐機している線）を切り、地上滑走をはじめたのが見えたので、整備員に両手で「チョーク（車輪止め）外せ」の合図をおくった。間もなくはじまる空戦での敵機必墜の決意と緊張感によって、あるいは栄エンジンから伝わる振動によって私は体を震わせていた。

フィリピンのダバオで私と予科練の同期生数人が起こした、ある揉《も》め事《ごと》が原因となり、菅野直《かんのなおし》分隊長が私と仲間を引き連れて内南洋（ミクロネシア）のヤップ島に進出してから一週間が経っていた。その間、この小島には午前十一時半ごろ、重爆撃機B24コンソリデーテッド（以下、コンソリ）二十機あまりの編隊が定期便のように毎日かならず爆撃にやってくるので、われわれは邀撃《ようげき》（敵を迎え撃つこと）に連日、数機の零戦で上がっていた。

ヤップ島は米軍が当時、奪還作戦中のグアム島からは西南西に約八百五十キロ、海軍航空隊の一大根拠地ペリリュー島からは東北東四百五十キロに位置し、日米両軍にとって戦略的要所にあった。

米軍はサイパン、グアム侵攻直前の昭和十九年五月ごろから航空機による同島の偵察をはじめ、翌月に入ると、連合軍はアドミラルティ諸島ロスネグロス島基地からヤップ島に間断なく爆撃機を送り、建設したばかりの飛行場、港湾などの陸海軍施設を爆撃するようになっていた。これに対処すべく、海軍は島の中央にあるマタテ山に、日本では導入がはじまったばかりの対空捜索用電波探信儀（電探・レーダー）を設置して、有線電話で島の南側にある第一飛行場横の戦闘指揮所に敵情をもたらしていた。

この日も戦闘指揮所には邀撃命令の「全機発進」を示す赤旗が掲げられ、全長八百メートル、幅六十メートルの草っ原に等しい滑走路上を一番機の菅野分隊長が土煙をあげ轟音とともに滑走し、軽々と飛び上がった。この日、三番機だった私は一番機につづいてフルスロットルのままブレーキから足を離して離陸、私の後に二番機の松尾一飛曹、四番機の予科練同期生で静岡県出身の富田隆治一飛曹がつづいた。

一番機がゆるやかに旋回をつづけながらヤップ島の真っ青な空の中を徐々に高度をとっていく。ＯＰＬ（機銃の照準器）を点灯、回転、油圧、旋回計等の諸計器が正常に作動しているのを確認しながら美しいヤップ島が眼下に見える。南洋樹木の濃い緑の一角に、爆撃によって荒れた飛行場の様子や水上機基地、海岸陣地が確認できる。

高度五千メートルを超えて空気が希薄となり、酸素マスクのコックを開いた。

敵機侵入経路と反方位（敵機の針路と逆の方向）に針路をかえてしばらくすると、電探からの報告のとおり、敵機がゴマ粒みたいに前方にプツプツと見えてきた。緊張感が高まる。菅野一番機がバンクを振り、その合図で列機は一番機の後ろに三番機、二番機、四番機の順で一直線に並ぶ単縦陣を組み、できるだけ太陽を背に、敵機より上方に高度をとり速度を上げながら近づいていった。

B24の二群二十機編隊は六千メートルの高度で侵入してきた。私は七・七ミリ機銃に弾を込め、二十ミリ機銃の安全装置を外した。菅野大尉機は電鍵《でんけん》（モールス符号）を叩いて敵大型機編隊発見を基地に報告、一千メートルの高度差をつけ高度七千まで上昇した。敵は射程約一千メートルの十三ミリ機銃を撃ってくるので、この高度差が敵の機銃を避けるために有効だった。敵編隊との間合いは急速につまっていった。

一一〇〇《ひとひとまるまる》（午前十一時）、空戦開始。前方の菅野一番機は目標の敵機が自分の機の下方に隠れて見えなくなる位置まで来たので、翼を傾け敵の編隊に降下しながら突っ込んでいった。「前上方攻撃」だ。われわれは九九式三番三号爆弾を零戦の両翼に二つ積んでおり、第一撃としてこの爆弾を敵編隊の上空で爆発させ、タコの足に似た異様な形の煙とともに広がる弾子で敵機を攻撃した。この攻撃は仮に敵に被害をあたえられなくとも編隊飛行をかき乱し、心理的効果をあたえるには抜群だった。

三号爆弾は投下して四秒後に爆発する仕掛けになっているので、敵機の未来位置と起爆させる位置が重なるように目算しながら投下する。だが、みずからも退避することを同時に考えなくてはならないため、これがなかなか難しい。

降下をはじめると、敵もこちらに向かって機銃を撃ってきた。三号爆弾投下後は敵の掃射を避けながら、とにかく敵機銃の射程距離外に出るために急降下で離脱した。高度一千メートル付近まで降下したら、こんどは操縦桿を一気に引き上げ、海面近くまで降りた機体を急上昇させた。そして一番機が先頭になって集合し、高々度でもう一度、単縦陣を形成した。敵編隊に二回目の殴り込みだ。

ふたたび一千メートルの高度差をとって、三号爆弾により混乱した敵編隊に急速接近、一番機の菅野大尉がくるりと背面となり、矢のように敵編隊に突っ込んでいったのが見えた。こんどは「直上方攻撃」だ。私も操縦桿を一度ぐっと横に倒して背面となり、そのあとは操縦桿を思いっきり前に倒しながら背面飛行の状態を維持した。天地が逆さまになったので、頭上となった下方から、敵が十三ミリ機銃を一斉に撃ってくる。

B24爆撃機

一番機に数秒遅れて自分の機のカウルフラップ（エンジンをかぶせるカバーの後端部分）の先から目標の敵機が姿を現わした。急降下開始のタイミングだ。私は基地で菅野大尉に教えられたとおり、その瞬間を逃さず前に倒していた操縦桿を一気に手前の体側に引き、逆さまになったままダイブ（急降下）した。

恐怖心を紛らわすために私は七・七ミリ機銃をタタタタンと敵方向に五、六連射した。七・七ミリは敵に当たったとしても何の効果もないが、相手を怯《ひる》ませることはできる。また、敵機を撃っているんだと思えば私の心は自然と落ち着いてくる。

敵は間断なく苛烈な防御火網を形成するが、私は敵の前上方に位置しながら弾道を回避しつつ、垂直に三百ノットを超える限界速度で突っ込んでいった。

敵との間合いがもっとも詰まった瞬間、敵機銃の死角となる真上に占位していた。

急降下開始からその間およそ四、五秒。「照準よし！　距離よし！」ＯＰＬ照準器に入った眼前のＢ24の操縦席部分を狙って二十ミリ機銃を夢中で撃ちこんだ。敵機の胴体上部に大きな穴がつぎつぎに開いて破片が吹き飛ぶのとほぼ同時に、私は敵機の主翼と尾翼の間をズバーン！　と突き抜けていった。Ｂ24は間近で見るとものすごく大きな機体だった。速度も速く、海軍の一式陸攻などとは比べものにはならなかった。

私も急降下しているので、おたがいものすごい速さで移動している。突き抜けるときに操縦を一つ間違えば敵機に激突するし、実際にそうなった者もいた。それでも機銃弾を確実に当てるため、グアムで杉田庄一兵曹に教わったとおり私は敵機すれすれまで肉薄した。敵機の横を抜ける瞬間、胴体横から機銃を撃っている米兵の姿がはっきり頭越しに見えたほどだった。

突き抜けた後は、急降下のまま猛烈な敵機銃の防御弾幕の外にいったん退避し、第一次攻撃のときと同じく、感覚的に高度一千メートルを切ったら一気に両手で操縦桿を引き上げた。そのときにＧ（ジー・重力加速度）が機体と体にかかり、頬が引っ張られ、顔の形が変形するのがわかった。風防がビリビリと音を立てるなか、目の前が暗くなって気が遠くなりそうな凄まじいＧに「まだまだ！」と自分に言い聞かせながら必死に耐え、飛行機が海面にかなり近いところまで慣性で落ちた後、ようやく上昇に切り替わり、ふたたび高度をとって同じ攻撃を繰り返した。

一回の邀撃戦で二〜三回の直上方攻撃を行なうと、五、六十発入りの二十ミリ機銃弾はすべて撃ち尽くしていた。

菅野一番機はいつも敵編隊の最後方を飛行する、通称「カモ番機」を狙った。編隊前方の機を狙うと、後方の飛行機の銃座からも一斉に集中砲火を浴びるからだ。われわれ列機も一番機につづいてカモ番機をつぎつぎに波状攻撃し、こうして一機ずつ確実に協同撃墜していった。

海面近くで切り返しながら上空の様子を確認すると、敵機が白い煙を引き落伍していくのが見えたので、「やった！」と思ったそのとき、四番機の富田一飛曹がつぎの目標を直上方攻撃している途中で敵機銃に被弾、真っ赤な閃光を発して火災を起こした。

彼は帰投できないことを確信したのか、火を噴いた機を操縦してそのまま猛然と別の二群指揮官機の胴体下へ潜り込んでいき、激しい弾幕の中、体当たりを敢行した。操縦不能となり墜落していく敵機の胴体横から落下傘がつぎつぎと戦場の空に六つ開いた。

つづいて、三航過めの直上方攻撃の最中に松尾一飛曹が目前で敵の掃射を浴び、火災を起こした。彼の機は敵の猛烈な防御弾幕の中をなおも火を噴きながらそのままB24に肉薄して二十ミリ機銃を撃ち込み、みごと一機を撃墜した。

しかし、もはや彼には操縦を立て直すことができなかった。海面に向かって墜落していく彼の機影を追いながら、私は「松尾ーっ！」と叫んだ。だが、どうすることもできない。すると、たまたま落下方向の海面に敵潜水艦が浮上してきた。米軍は当時から空中戦が想定される海域にはかならず潜水艦を送り、撃墜されて脱出した搭乗員を救助していたのだ。松尾一飛曹は残された最後の力で零戦を操縦し、黒煙を空に残したまま敵潜水艦に体当たりを遂げた（米軍は潜水艦ゴレットSS－361の喪失を同海域で認定）。

十四時までに五機が順次基地に帰着し、私はすぐさま同期二人の一部始終を菅野大尉に報告した。すると、分隊長も二人の壮烈な最期を見ていたと言い、「うん、これは特進ものや」と二階級特進の申請をしてくれた。後日、松尾一飛曹と富田一飛曹はそれぞれ二階級特進で海軍飛行兵曹長が全軍布告された。私の同期生が二階級特進を果たしたのはこのときが初めてだった。

この日の分隊の戦果はB24三機撃墜、同三機不確実、同六機撃破、潜水艦一隻撃沈。「松尾も富田も本当にみごとな最期だった……。きっと敵はあすも来る。つぎは俺が年貢を納める番やな。くそったれ！　やったるぞ！」

その夜、十八歳の少年だった私はそんなことを胸に誓いながら、戦友がいなくなった椰子の葉葺き兵舎の中で眠りについた。

第一章　予科練・飛練時代

「これからの戦争は飛行機や！」

私、笠井智一《かさいともかず》は大正十五（一九二六）年三月八日、兵庫県多紀郡（現篠山市）福住村藤ノ木という集落に父・安次郎、母・しまねの三男として生まれた。男三人、女二人きょうだいの末っ子だった。

母は三十八歳のときに私を産んだ。長男の克己とは二十歳離れ、中学卒業と同時に養子に行った次男の正己とは十二歳離れていた。この二人と小さい時分に一緒に遊んだ記憶はほとんどない。すぐ上の次女・幸世（兵庫県西宮市在住）とは二つ違いなので、一緒に遊んだ時間もそれなりにあったが、当時の私は相当やんちゃ坊主だったようだ。

田舎の農家だったので、子供たちは早くから家の手伝いをさせられ、小学一年になった私に任された初仕事は牛の世話だった。わが家一番の財産である牝牛を夕方に川へ連れていって水浴びをさせ、夕飯前になったら草をばーっと刈って牛に食べさせた。私が可愛がって面倒を見たので牛はよく私の言うことを聞いてくれた。牛には子牛を産ませて、それを売って家計の足しにすることもあった。当時、同じ村の子供たちは私と同じように牛の世話をしていた。

集落には三十七、八軒の家があり、家の手伝いがないときは子供たち同士でよく遊んだ。その当時は陸軍の戦争しか知らなかったので、村の子供たちと一緒に近くの竹藪に入って竹を一メートルくらいに切り、それを鉄砲にしては山へ行き、田畑に入って兵隊ごっこをよくやった。その他、メンコ、コマ回し、徳島の阿波やっこだこ揚げをして遊びながらも、家の手伝い、牛の世話は忙しかった。なので、しつけには厳しい母だったが「勉強しいや！」などの文句は私に言わなかった。

両親、兄と姉、義姉、甥っ子たち合計十人以上の大家族が一つ屋根の下に住んでいた。大人数だったが、農家なので幸い食べるものに苦労することはなかった。

私は県立鳳鳴中学校（旧制）に進学して運動をするようになってから、体はどんどんと大きくなった。家から学校まで片道十二、三キロの距離を毎日、自転車通学した。この中学校にはグラウンドがなかったので、スポーツといえば野球ではなく主にバレーボール、バスケットボールが盛んだった。そのほか、退役将校と現役の将校一人ずつが教官となって軍事教練を行なう課目があり、そこで学んだ球技や兵隊の基本教練は後に予科練で大いに役立った。

昭和十二（一九三七）年七月、北京郊外で盧溝橋事件が起きた。政府の不拡大方針にもかかわらず大陸全土に戦火が広がり、正式な宣戦布告のないままに日本と国民革命軍（国民党）との間で全面戦争がはじまった。八月十三日には国民革命軍が上海の日本租界へ攻撃を開始して第二次上海事変が勃発した。現地に派兵されていた海軍陸戦隊が敵の航空攻撃を受けたため、支那方面艦隊司令長官の長谷川清中将（当時）は第一聯合《れんごう》航空隊に敵航空基地攻撃を命令。八月十四日から十六日までの三日間、台北、済州島、大村の各基地から発進した当時最新鋭の九六式陸上攻撃機（双発の攻撃機。以下、九六式中攻）が国民革命軍の航空基地など軍事目標を爆撃した。

悪天候の中、対空砲火や邀撃により我が方の損害も大きかったが、長駆《ちょうく》東シナ海を横断して敢行された航空作戦は「世界初の渡洋爆撃」と大々的に報道され、国民に感銘をあたえた。この後、同空域の制空権はしだいに日本に移っていった。

昭和十四（一九三九）年、私が鳳鳴中学校二年のときに、母校の先輩で海軍兵学校（以下、海兵）五十三期出身の小谷雄二大尉（当時）が来校した。全校生徒は広い講堂に集められて「制空権と制海権」という講演を聞いた。当時、台風の中を九六式中攻が海面すれすれに飛んでいる写真などが新聞紙上に盛んに出て、ラジオも大陸での陸海軍航空隊の活躍を連日伝えていた。だから「制空権」という言葉は中学生の間でもよく知られていた。

小谷大尉は九六式中攻で重慶や南京を爆撃したときの自身の体験談を話し、これを聞いた私は、大尉が言う「日本の国は空で守るべき」という精神を強く感じて感銘を受けた。講演が終わった直後、飛行機のことは何もわからないながらも私は、「これからの戦争は絶対飛行機が勝敗の鍵を握る！」と確信した。陸軍騎兵隊にいた叔父が、「馬に乗ってパッコパッコ行けば、そりゃあ気持ちの良いもんやぞ！」と言っていたので、軍人になるなら騎兵がいいな、と子供心に憧れていたが、大尉の講演を聞いた私は、「いや、時代はもう馬ではない。これからの戦争は飛行機や！」と、このとき飛行機乗りを心に強く決心したのだった。

小谷大尉は講演の翌年に戦死され（戦死後中佐）、戦後、私は篠山市にある墓に墓参したことがある。

難関「予科練」を受験、合格

世界の五大海軍国（イギリス、アメリカ、日本、フランス、イタリア）は大正十一（一九二二）年、建艦競争抑制を目的としてワシントンに集まり、海軍軍縮条約を締結した。採択された戦艦、航空母艦の保有艦総排出量の比率は、米英の合計に対して日本は三割にとどめられたが、巡洋戦艦「赤城」「加賀」が同条約によって空母に改装されることが規制枠外で認められたり、条約の規制外にあった航空機の技術が数年で飛躍的に進んだことにより、海軍は松山茂航空本部長（中将）、山本五十六技術部長（少将・当時）らが中心となって航空兵力の充実に対英米軍事バランスの活路を見出そうとしていた。

昭和七（一九三二）年、海軍は航空技術自立計画を策定し、横須賀に海軍航空廠（後の海軍航空技術廠）を新たに設置した。それまでのように航空機の開発を外国人技師に依存することなく、欧米の水準に追いつき追い越す独自の航空機を三菱航空機名古屋製作所や中島飛行機などの民間各社に開発・製造させることが設立の目的だった。そして、当然のことながら、航空機の開発と並んで最重要な課題が搭乗員の確保だった。

搭乗員育成は、青年士官を中心としたごく少数の選抜制度だったものを改め、昭和五（一九三〇）年、「海軍飛行予科練習生」通称「予科練」制度を横須賀海軍航空隊に新設した。設立当初は十五～十七歳かつ高等小学校卒業ていどの学力を有する者を対象としたが、何十倍もの倍率を突破して入隊した第一期生七十九名は高等小学校首席ないし二～三番という優秀な成績の人材ばかりだった。その後、支那事変が勃発して搭乗員と現場を指揮する航空特務士官の養成が火急の課題となり、昭和十二年には「甲種飛行予科練習生制度」が新設され、知力、体力ともに優秀な旧制中学校生徒を全国から集めていた。

昭和十五（一九四〇）年、鳳鳴中学教職員室の前にも海軍省「甲種飛行予科練習生募集」の張り出しが出た。

私は、小谷大尉の講演を聞いてから約一年、寝ても覚めてもずっと飛行機乗りを熱望していたので、教職員室前の張り出しを見た瞬間、「時が来た！」と何の迷いもなく受験を決意した。さっそく担任の先生に、

「私、甲種受けたいんやけど、願書をください」と言ったところ、

「なに？　笠井、お前が予科練を受けるだと？　そらあ、やめとけ。予科練の試験は

お前には難しすぎるから絶対無理だ」と言われながらも、とにかく私は第十期甲種飛行予科練習生の志願書を手に入れた。帰宅してさっそく母に話しをすると、「バスに乗っても酔うようなお前が飛行機なんかに乗れるもんか！」と、学校の先生とは別の理由ではあるが、やはり賛成してくれない。私は、「そんなもんやってみなわからん。とにかく俺、志願するから願書にハンコ押してくれ」と無理やり頼んだ。

「世界初の渡洋爆撃」以来、約二年。大陸での海軍航空隊の活躍が新聞やラジオで盛んに報道され、海軍の募集要項にもつぎのように宣伝されていた。

『きわめて短年即ち僅々約五年半にて既に海軍航空中堅幹部として、最前線に於いて縦横無尽にその技量を発揮するのである。次いで航空特務少尉となり、爾後累進して海軍少佐、中佐ともなり得て、海軍航空高級幹部として活躍することができる』

このため、当時、予科練をめざす受験生は、それはたくさんいた。

昭和十六（一九四一）年三月、私は甲種飛行予科練習生第十期（以降、甲飛十期）の兵庫県第一次試験会場となった、神戸元町駅のすぐ上にある青年学校へ受験しに行った。受験生は広い運動場に集合させられたが、県中から志願者が集まっており、受験生でいっぱいになった校庭を見て、「いやあ、これはすごいな……」とおどろいた。

順番に名前を呼ばれて試験会場となった校舎に入り、一斉に試験を受けた。つぎの日に会場へ行くと人数が半分になっていた。そしてつぎの日も、そのつぎの日も、前の日の半分になっていた。不合格を言い渡されると、その日のうちに家に帰されていたようだ。

私は篠山から試験会場に毎日通うわけにはいかず、阪急新伊丹駅前で「福住」という和菓子屋を経営している従兄に、「息子が予科練の試験をどうしても受けに行くと言うから、すまんが泊めてやってくれ」と母が頼んでくれていたので、そこから試験会場に通うことができた。

第一次試験の一日目は身体検査、二日目からは学科試験。英語（英文和訳、英作文）、数学（代数、平面幾何）、国語、漢文、物理、化学、地理、歴史、作文の試験があった。毎日毎日、志願者が減っていくなか、「俺はいったいいつ帰らされるのかな」と思っても、むこう（海軍）がなかなか「帰れ」と言わない。最終日の口頭試問の日には、運動場にはほんの少ししか受験生が残っていなかった。絶対に受かりたいと志願して来たにもかかわらず、「これはえらいことになったなあ」と不安になった。

受験の動機などを問う口頭試問が終わり、その場で担当の検査官から、「第二次試験出頭通達書がいくから、それまで家で待機しておけ」と言われた。

しばらくして海軍省呉鎮守府から『六日間の甲種飛行豫科練習生タル飛行兵ノ第二次検査ヲ行フニ付出頭スベシ』という通達がとどき、昭和十六年九月、試験会場の広島・呉に行った。

今回は兵舎と食事が受験生に支給されたが、試験会場は兵庫県以外の第一次試験合格者もふくめてまたもや受験生で溢《あふ》れていた。そして、一次試験のときと同様、毎日、不合格者が家に帰されて受験生がみるみる減っていった。二次試験では一次にはなかった搭乗員としての身体適性検査があり、視覚反応、平衡感覚などが検査された。私は六日間の日程の最終日まで残り、海軍兵学校出の士官による最後の口頭試問を受けた。口頭試問は知識を問うことよりも、臨機応変さや姿勢を試すような内容だったので、わからないことは「わかりません」とはっきり言ったように記憶している。

甲飛十期の最終合格率は三十二人に一人（兵庫県）だった。鳳鳴中学からの受験生は少なく、九名が受験し、私と西尾本氏《おさむ》（昭和十九年五月戦死）の計二人が合格した。第一次、二次を通してどのような試験内容だったのか、具体的には定かではないが、親戚の家の二階で試験対策のために物理、化学の本を熱心に読んだ記憶がある。戦後、週刊誌に予科練の入試問題が掲載され、当時勤めていた会社に勤務する大卒の社員数名に解けるか聞いてみたが、「いやあ難しい。とても解けません」と言われ、少し得意な気分になったことがある。

明けて昭和十七（一九四二）年の正月、福住村役場の兵事係が海軍省の採用通知書を持って家に来た。「笠井さん、予科練って何やよう知らんけど受かったでえ。福住で予科練に受かったん、あんたが初めてや」と玄関口で言われ、「へえ！」とびっくりしたのを覚えている。通知書には、『笠井智一　右海軍甲種飛行豫科練習生ニ採用徴募ス。昭和十七年四月一日土浦海軍航空隊ニ出頭スベシ』と書いてあった。

通知書をもらったときは天にも昇る心地だった。第二次受験を終え、結果を待っている間に大戦がはじまり、日本は米英を相手に破竹の勢いで勝ちつづけていた。海軍は真珠湾、フィリピン、マレー沖、インド洋でつぎつぎと航空作戦を成功させ、このとき私は、「よし、俺も先輩たちにつづくぞ！」と意気軒昂だった。


「すごいところに来てしまった」


昭和十七（一九四二）年四月一日の出頭日は入隊を祝するような晴天だった。全国各地から汽車で茨城県土浦駅に到着したわれわれは駅でいったん集められ、何人か集まった時点で順次、土浦海軍航空隊まで二列縦隊となり徒歩で移動した。

三十分も歩くと大きな松の木が見えてきた。それは予科練生の間で「大岩田の一本

土浦海軍航空隊の本部庁舎

松」と呼ばれるもっとも有名な松の木だった。日曜日の外出時、土浦の町から一時間かけて土浦海軍航空隊に歩いて帰るとき、その松の木のところまで来たら、「いよいよ隊が近うなったんやな……」と気が落ち込んだものだ。

「先輩たちにつづくぞ！」と意気軒昂と出頭したとはいえ、予科練とはいったいどんなところなのか、実際に行った者が近所にはいなかったので、想像だにできなかった。実際に入隊してみて驚いた。毎日、ボンボン殴られた。人を殴る音がしない日はなかった。すごいところに来てしまったなあ……と。せっかく高倍率を突破したのに、私は早々に入隊を後悔したのだった。

入隊初日に受付で、「お前は三十八分隊だ」と票を渡され、係の兵隊に連れられて二階建て兵舎のデッキ（居住区）に案内された。甲飛十期の千九十七人は三十一分隊から三十八分隊まで八つの分隊に分けられ、私は三十八分隊に指定された。三十八分隊百三十六人がこれから生活を共にする第八兵舎の階上（二階）に入ると、ハンモックを吊るフックがビーム（梁）からずらりと下がっていたのが印象的だった。分隊のデッキに到着すると、すぐにふんどし一本になり、係の兵隊に着ていた学生服や私物などの一式を風呂敷に包んで渡し、ただちに支給された事業服、シャツ、下着に着替えさせられた。デッキの一隅には「教員室」という班長たちの居室があったが、その部屋の入り口に〝軍人精神注入棒〟と墨書されたこん棒に「祝入隊」と書かれたのし紙が巻かれ、五本も六本もぶら下げてあるのを発見した。

「おい、あのこん棒で何すんねん？」と隣のやつに尋ねたら、

「いやあ、あれはバッターいってのう、あれで尻っぺさ殴るらしいで」と言う。

「えっ！　あんなもんで殴られたら死んでしまうわ」と思ったが、入隊三日目までは教育を担当する班長・教員（ともに下士官）は練習生にとても親切に接してくれたので、「ああ、これやったら心配ない、悪いことでもしなければ何とかやっていけそうや」と安心した。まもなくわかることになるのだが、これがとんでもない大間違いであった。

土浦海軍航空隊には広い練兵場があり、四月四日、われわれ甲飛十期の千九十七名は整列した。前方の大きな号令台に土浦航空隊、青木泰二郎司令（海兵四十一期・大

土浦海軍航空隊の青木泰二郎司令（入隊時）

佐）が出てきて、「海軍四等飛行兵を命ずる、海軍第十期甲種飛行予科練習生を命ずる」の一声でわれわれは正式に入隊した（辞令は四月一日付）。司令は訓示のなかで、「航空兵力は将来、作戦上ますます重要性を加え、諸子に期待するところはきわめて大きい。心身と学術技能の練磨に努めよ」という趣旨を述べた。青木司令は三週間後に空母赤城艦長に転勤となり、直後のミッドウェー海戦に出撃した。

入隊式が終わり、デッキにもどると突然、班長たちが、「貴様ら、いつまでぼやぼやしとるんじゃ！　予科練はそんなに甘いもんじゃない！」と、例のこん棒でわれわれをかたっぱしから叩いてきた。いきなり何発も叩かれることはなかったが、練習生は突然のことでみなびっくりした。叩く前には、「脚《あし》開け、両手上げい！」と予告があった。かつてイギリス海軍が下級船員を扱うときにこん棒で叩いており、イギリスから海軍の制度を学んだ日本にもその習慣が一緒に入ってきたと聞いた。手を降ろしていると骨折するほどの打撃だった。こん棒がないときは麻の綱を水に浸して叩くが、これもとても痛かった。

翌年に予科練を卒業するまでの間、班長たちは、「何べん言ったら貴様たちはわかるのか！　牛や馬ではあるまいに！」などと言いながら、そのこん棒でことあるごとにわれわれの尻をバンバン殴ってきた。一人が何かに失敗したら全員が制裁を受けた。お尻が内出血で真っ黒になるくらいに何度も殴られ、それが原因で体をこわした練習生もいた。三十七分隊と三十八分隊を担任する分隊長が特別厳しい人で、わが分隊の罰直（海軍では制裁のことを「罰直《ばっちょく》」と呼んだ）の厳しさは同期生のなかでもよく知られていた。

巡検ラッパが鳴り、電気が消されて辺りが静まりかえると、兵舎の二階の窓から遠くに見える土浦駅から「ボーボー」と汽車が発車する音や、「ピュー」と発する汽笛が聞こえてきた。ああ、あれに乗ったら福住の家に帰れると思ったらたまらなかった。しまった、俺はこんなところに何を好き好んで来てしまったのか、何か騙《だま》されたのではないかとハンモックの中で毎晩、涙がでた。本当にそのときは家に帰りたくてどれほど泣いたことか。両親から予科練にとどいた手紙をハンモックの中に忍ばせて暗がりの中で必死に読んだ。母に会いたくなって、もう涙で字が読めないくらいに泣いてしまった。入隊してしばらくはとにかく早く、ここ（予科練）を出たいと思った。

四月十八日、快晴の空の下で昼の体操をしていると、突然、敵機が空襲にきた（ドゥーリトル空襲）。近くの霞ヶ浦航空隊から九六式中攻と零戦が邀撃に上がったのを目撃したが、完全な奇襲だったので、まったく間に合うタイミングではなかった。敵はB25数機ていどで予科練のある茨城県から帝都に進入し、臨海部などへ爆撃を行なったが、帝都爆撃を史上初めて許してしまったという軍首脳部への心理的影響は大きく、ミッドウェー作戦を計画段階から実施へと大きく舵を切らせる一要因となったと言われている。

本格的な教育がはじまって三〜四ヵ月もたてば動作もきびきびとできるようになった。すると、「早く予科練を出たい」などと弱気だったことも忘れ、猛訓練にすっかり馴れたから不思議なものだった。

夏には十日間の休暇が出て実家に帰った。前年は非常時という理由で休暇が取りやめになっていたので、対米英戦がはじまった年はなおさら休みなんて無理だとだれも期待はしていなかったから、休暇が分隊長より発表になったときはみな感無量、「うぉー」と声にならない歓声の渦になった。

帰省のときは、〝じょんべら（水兵服／セーラー服）〟を着て移動したが、進級すると右袖に飛行科を象徴する飛行機を模したマークの階級章が付いたので、汽車に乗るときなどは階級章をよく見せようと練習生は右腕を不自然に前に出していた。いま思

昭和17年8月の帰省時に、家族と家の前で

えば何とも微笑《ほほえ》ましいが、飛行機の図柄の階級章は予科練習生の誇りだった。

（昭和十七年十二月には制服が変わり、直後の正月休暇のときには「七ツ釦《ぼたん》」の詰襟《つめえり》の制服を着て実家に帰った。七ツ釦の制服は格好がよく、鳳鳴中学の同級生と会うときには西尾君と二人で制服を着用した）

福住に帰省して、全員そろうのはもうこれが最後の機会になるかもしれないという予感がしたので、家の前で家族・親族全員で一枚と、兄弟全員で一枚の写真におさまった。

家の畳で寛《くつろ》いでいると、おふくろが「早く風呂入れ！」と言うが、尻はバッターでさんざん殴られ、内出血で真っ黒になっていた。まさかこんな不細工なものはだれにも見せられない、心配をかけたくないと思い、服を脱ぐときには風呂場の中に入ってから、そっとふんどしを脱いだ。

予科練には昭和五（一九三〇）年の制度開始から昭和二十（一九四五）年の間に合計二十四万千八百六十九人が入隊した。そのうち、甲種は昭和十二（一九三七）年九月に採用がはじまり、終戦までに十四万二百七十二人が入隊したが、時期によって採用人数には大きな差があった。一期から七期までは一学年あたり三百人弱ずつの採用だったが、八期四百五十五人、九期八百四十一人と人数は大幅に増やされていった。しかし、支那大陸における戦死者の増大と、対米英戦の開戦によって搭乗員を大幅に増やさなくてはいけない事情になり、私の十期から一度に千人を超える採用になった。

昭和18年1月の冬期休暇（西尾君と鳳鳴中学の友とともに）

予科練は私が入隊した当時は土浦にしかなかったが、甲種、乙種、丙種飛行予科練習生と予備学生が一緒に訓練していたので、練習生の数だけで五、六千人になっていた。そこで、員数が多すぎるということになり、昭和十七（一九四二）年十一月、三重に予科練が開設され、われわれ同期は土浦残留組と三重とに半々に分けられた。私は土浦に残った。

昭和十八（一九四三）年以降は日本各地に予科練が開設され、甲飛は一度に数万人を採用するほどに大拡張されたが、そのころには肝心の練習機も実戦の飛行機も燃料も、何もかもが不足していた。

茨城・土浦海軍航空隊の一日

予科練の朝は、冬は六時、夏は五時半。「総員起こし五分前」の拡声器の放送で一日がはじまった。実際にはその放送で全員起こされるが、デッキのビームにずらりと吊り下げられた吊床（ハンモック）の中で各人が心の準備をしてつぎの総員起こしのラッパを待った。この五分間、寝たふりをしてぴくりとも動いてはならない。

ラッパが鳴り終わった瞬間に練習生は一斉に吊床から飛び起きて、吊床をフックから外し、だいたい二十秒前後で太い丸太状にたたんで紐で結縛した。そして、中二階（床からの高さが百六十センチほど）の「ネッチング」という収納場所に吊床をしまうため、吊床当番（当番は各班から持ち回りで各一名、総員起こし五分前に起床してネッチングにて待機）に順次渡していき、白い番号のついた札を表側に向けて、端から素早く並べて格納していった。

吊床は戦闘時には「マントレット」として防弾用にも使い、艦が沈没したときには浮袋の代用にもなるので、吊床結縛の訓練は夕食後の自由時間などでも徹底して行なわれた。

ある日、土浦海軍航空隊近辺の国防婦人会の人が総員起こしの見学にきたことがあった。総員起こしの五分前にそっと兵舎の中に入ってきて横の廊下からわれわれの総員起こしの様子を見ていたが、起床ラッパ終了とともに飛び起きて、一斉にてきぱきとハンモックを片付けていく一連の動作に「へえっ！　みなすごい！」と心から驚いていた様子だった。

ハンモックを片付けると、つぎは急いで着替える。練習生の服装は、朝礼のときはもっとも威儀を正す第一種軍装。そのあとは白い事業服に着替えて日中はそれで過ごした。夜の温習（兵舎内での自習時間）前にふたたび制服に着替えなおし、脱いだ事業服は「衣嚢」という巾着型の大きな袋の中に畳んで収納した。衣嚢の中まで点検されることがあるので、いい加減な服のたたみ方はできなかった。

起床後は洗面をして兵舎の横に整列し、順次、練兵場まで駆け足。分隊ごとに人員点呼のあとは朝礼と海軍体操、そのとき宮城遥拝や五ヵ条斉唱も全員で実施した。起

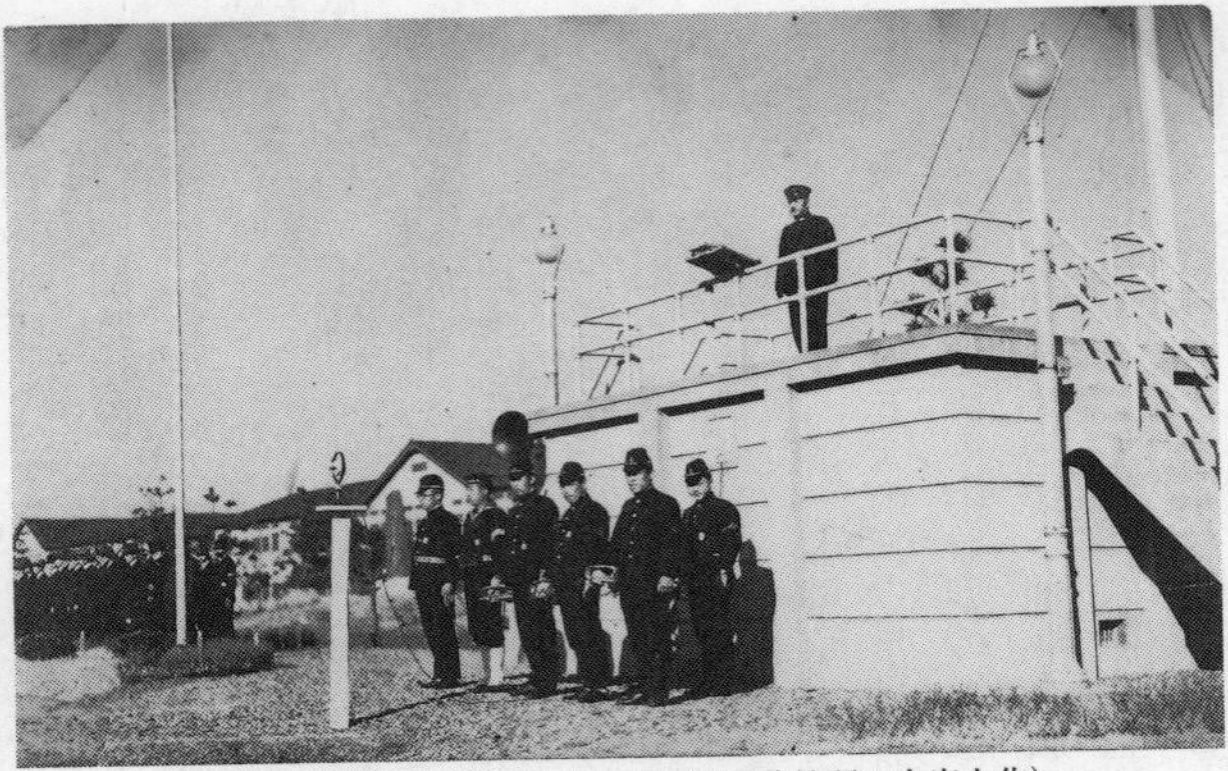

課業始め直前の様子（号令台上は副長兼教頭の宇宿大佐）

床三十分後には甲板掃除、七時十五分からは週番練習生による課業報告があり、食事ラッパが鳴ると朝食だ。

食事はいつも班ごとに長テーブルに向かい合い、班付の教員が上座に座って一緒に食べた。予科練の食事は三食ともうまかった。私は田舎の農家の息子だから、よけいにおいしいと感じたのかもしれない。ただし量は少なかった。ご飯は一日一食あたり二百六十グラムなど、練習生一人当たりの食べる量はあらかじめ決められていて、つねにお腹《なか》がすいて苦労した。それでも予科練の食事は「増加食」として艦隊勤務の水兵より量を多くしてあったそうだが、日々厳しい訓練をする食べ盛りのわれわれにはとても十分な量とは思えなかった。しかし、不思議なことに腹がへったからといって痩せていった練習生は一人もおらず、逆に肥えていくほどだった。いま思えば海軍は栄養をしっかり管理していたということだろう。

八時にラッパ「君が代」とともに軍艦旗掲揚、その後は講堂で温習、八時五十分に課業整列があって副長の訓示や分隊長報告を聞いた。

午前中は三〜四時限の課業があり、十二時には昼食。食後の休憩中は銃器の手入れなどをして過ごした。午後は二時限の課業があり、十四時四十五分からは別科目として武技、相撲、水泳などで体を動かし、十六時四十五分に夕食。食後は酒保《しゅほ》（売店）に行ったり、風呂に入ったり、洗濯などができる自由時間がわずかにあった。バス（浴槽）は一個分隊（百二十〜百三十人前後）が一斉に入れる大きさだから、とても広かった。十八時三十分に温習がはじまり、温習終了後は講堂のテーブルに練習生同士が向かい合って着席した。「五省」の時間だった。

宇宿主一副長（土浦空）

「五省」は昭和七年に、当時の海軍兵学校長松下元少将が創始したもので、日々の各自の行為を反省させて明日の修養に備えさせるため、五ヵ条の反省事項を考え出し、これを兵学校の生

昭和17年、予科練のハンモック

徒に実施させていたが、私がいたころには予科練にも取り入れられていた。当番が読み上げる五省を聞き、それぞれが目をつぶって復唱しながら一日を反省した。

「ひとーつっ！　至誠に悖《もと》るなかりしか」

（誠実さや人の道に背くところはなかったか）

「ひとーつっ！　言行に恥《はず》るなかりしか」

（発言や行動に反省するところはなかったか）

「ひとーつっ！　気力に缺《かく》るなかりしか」

（成し遂げる精神力は十分であったか）

「ひとーつっ！　努力に憾《うら》みなかりしか」

（目的達成のために惜しみなく努力したか）

「ひとーつっ！　不精に亘《わた》るなかりしか」

（怠けたりしたことはなかったか）

五省が終わったら二十時五十分に吊床降ろしとなり、しばらくデッキの掃除をしてから二十一時には巡検、就寝となった。

日中バッターをふるった班長が、練習生の毛布の乱れをそっとなおして回っていた。

戦後の話となるが、海上自衛隊のイージス艦乗組員の孫が江田島の第一術科学校で教育を受けているときに、やはり五省を唱えていたと聞いた。「お前ら、そんなこといまでもやってんのか！」と言いながら、私はうれしかった。時代は変われども、語られている内容は今日にも当てはまることではないかと私は思っている。

「できない」ではすまされない

課業内容についてもう少しくわしく書くと、午前中は国語、作文（論文、公用文書なども）、数学、漢文、物理、化学、航空整備などを勉強した。練習生にとって必要最小限の内容で、総じてそれほどくわしく掘り下げた内容ではなかったと思う。英語は課目としてはなかったが、イギリス海軍を見習って発達した経緯があるから、陸軍とは対照的にいたるところで日常的に英語が使われていた。

そのほかの課業に「精神教育」があり、教官は第三十七、三十八分隊長、当時二十三歳の西田馨大尉（海兵六十六期）が「武士道論書十一巻」（佐賀鍋島藩士、山本常朝の武士の心得を田代陣基が筆録したもの。いわゆる「葉隠論語」）を使用して尚武《しょうぶ》思想を説

西田馨分隊長（東京行軍・靖國神社にて）

いたり、「上官の命令は絶対」などの軍人の基本や搭乗員としての心構え、軍事に関する全般的な講義、訓示などを教育した。

体操や武技の課業では班対抗の相撲をよくやった。しかし、一般的なルールとは違って、予科練では勝つまでやらせる。負けたらそこで終わりではなく、負けたらつぎの相手、また負けたらそのつぎの相手と「負け残り」で相撲を取りつづけなくてはならなかった。柔道、剣道、銃剣術も負け残りだった。球技は闘球（ラグビー）をよくやった。予科練の闘球は強く、練習生は全員十六歳前後だが、当時、日本一強かった明治大学ラグビー部とも互角に交流戦を行なった。そのほかバスケットボール、サッカーなども実施した。また、年に一度、秋に隊の公式行事として甲・乙・丙各種練習生による全学期生対抗の『体育競技』が開催された。昭和十七年度は甲飛十期が優勝し、司令から分隊長が代表で表彰状を受け取

精神教育。教官は西村中尉

銃剣術の試合

った。

予科練生は海軍軍人なので水泳もずいぶんやらされた。飛び込みには五メートルと三メートル台を使った。軍艦の甲板から水面までの高さを模しているとされ、順番に飛び込ませる訓練を実施したが、

水泳訓練（後方は3m、5m飛び込み台）

この高さはわれわれにとってじつに恐怖だった。
予科練には五十メートルの大型プールが兵舎横にいくつかあった。まったく泳げない練習生は赤いふんどしをつけられ、棒の先に綱をつけ、それをふんどしにくくりつけて教員が無理やり泳がせる。ずいぶん荒っぽいやり方だったが、どんな練習生でもだいたい三日もすれば泳げるようになっていった。予科練では何事も「できない」ではすまされなかった。
「一万メートル競走」という行事もあり、個人の記録以外に分隊別の成績が発表されるので、これは精神的にもきつかった。最下位の分隊は「気合いがたりない」として後で全員が罰直で殴られるので、徒競走の得意な練習生が、息切れした同じ分隊の練習生を助けながら走る光景が見られた。予科練では体力と気力練成のために、とにかくことあるごとに走らされた。私は走るのが遅かったので、罰直や訓練で走るのはいやで仕方がなかった。隊内

閲艇式（4月30日、特別教育最後の日。観閲官は分隊長）

での移動は分隊行進以外はすべて駆け足なので、「駆け足」は「歩く」ことと同義語だった。

予科練時代に走ることと並んでとくにきつかったのは八人乗りのカッター訓練だった。入隊後、四月いっぱいつづいた基礎教育期間において集中して実施された。摩擦で尻の皮はむけ、腹はつっぱり、櫂《かい》をもつ手の平は豆だらけ（そして、豆は潰れた）。教員が艇指揮の号令をかけて漕いだが、これがつねに競争だった。ダビッド（吊り柱）に吊られているカッターを練習生が協力してポンド（船着き場）に下ろし、霞ケ浦に出て櫂の漕ぎ方をひと通り訓練すると、帰りはかならず競争になる。一番びりになったら罰直として全員で前支え（腕立て）を二十分やらされ、その後バ

手旗訓練の様子

ッターがあったり、ときには食事をさせてもらえないこともあった。カッター訓練は体力的にも精神的にもたいへん厳しかったが、予科練で教育を受けている間、台風や波のきつい日以外は毎日、カッター訓練があった。

　陸戦訓練もよくやった。自分の三八式歩兵銃を持って、埋立後間もない第二練兵場で突撃したり、匍《ほ》匐《ふく》前進をするので、真っ白な事業服は泥だらけとなった。清潔さや整理整頓を教育する海軍において、汚れた服の着用は許されない。洗濯機があるわけではなく、各自で毎日手洗いするのは慣れないうちは大変だった。数え歌『土空健児の歌』の替え歌に「六つとせ　無理もヘチマもあるものか　陸々短々猛訓練　そいつあ豪気だね」という文句があった。陸戦、陸戦、短艇、短艇というくらい連日、猛訓練が行なわれた。

土浦の予科練には、われわれを教育するために全国から優秀な教員が集められた。各班には高等科出身の一等兵曹または二等兵曹の班長がいて、彼らは通信、射撃、信号、手旗、機械、銃剣道、体操、相撲などの教員を兼ねていた。厳しい訓練ではあったが、練習生はみな幅広い分野において当時一流の教育を受けることができた。予科練で教育に当たった分隊長以下、分隊士、教員はすべて砲術科、通信科、整備科など、飛行科以外に属する人ばかりだった。われわれはみな海軍の兵隊になったのだから、予科練では海軍軍人として当然、心得ておかなくてはならない一連の基本をたたき込まれ、心身を鍛えることが優先された。だから、手旗、モールス、発光信号、ロープの結び方、艦艇の種別構造、操艦などの運用、航海術、砲術、軍制などを土浦で徹底的に学んだ。練兵場に並んで三時間ほどぶっ通しで練習した手旗信号はいまでも正確に覚えている。

第38分隊班長（教員）集合写真

しつけとして隊内ではすべてにおいて清潔さや整理整頓を厳しく指導された。私物は「手箱」という木の箱に入れ、帽子は「帽子缶」という円柱型の入れ物に入れて棚にきちんと並べる。みな丸刈り頭なので、髪が伸びてきたらバリカンでおたがいが相手の頭を交代で散髪していた。

ところで、予科練やその後の教程を通じて、飛行機乗りは「正直であれ」ということと、「攻撃精神」を発揮させることの二点をわれわれは一番教育された。たとえば、飛行練習生教程で赤とんぼ（練習機）に乗降するときには、「燃料、残量〇〇！」とつぎに乗る練習生に報告して、さらに教官にも報告する。これを毎回繰り返していたが、当然、報告はつねに正確でなくてはならない。それを間違えて報告すれば大変な制裁が待っている。単に間違っただけであっても「うそ」を言ったとされ、厳しい制裁を受けるほどにすべてにおいて正確さをもとめられた。

延長教育（後述）で徳島の航空隊にいたとき、ある同期生が燃料ゲージの残量を間違えて報告した。それがわかり、罰直として教官の命令で指揮所横にある吹き流しに登らされた。「〇〇練習生はうそを言いました！」というかけ声と同時に彼はどんどん棒を登っていった。いまどきあるステンレス製の立派なポールなどと違って当時は竹でできていたので、上のほうまで登っていくと、それがしなって途中でボキンと折れ、その練習生は地面にたたきつけられた。それでも「○○練習生はうそを言いました！」と言いながら折れたポールから手を離さず、地面に倒れた姿のまま先端に向かって登っていく動作をつづけていた。

このような一分の隙もない厳しい教育に練習生は必死に耐え、助け合いながら猛訓練を乗り越えた。同期生の絆は戦場でも、戦後になっても信頼と友情によって限りなく強く、太いものであった。

外出と行軍

予科練の訓練中には、回数こそ少なかったが娯楽も提供された。当時人気だったコメディアンの岸井明氏をはじめ慰問団が土浦を訪れ、格納庫の中で演劇をしたり、年に二、三回だが映画も上映された。厳しい訓練の日々の中で、ほっと一息つける瞬間だった。いつの日だったか題名も忘れたが、アメリカの映画が上映された。軍艦がどこかの港に入ると、波止場に兵隊の奥さんが迎えにきていて、タラップを降りてきた兵隊と奥さんがキスをする場面があった。練習生一同、照れてしまい、「ちぇっ、なんじゃーあいつは、だめだなあ」などとぶつぶつ言っていた。それにしても、開戦直後にもかかわらず、敵国の映画を上映するとは海軍も懐が深かったと思う。

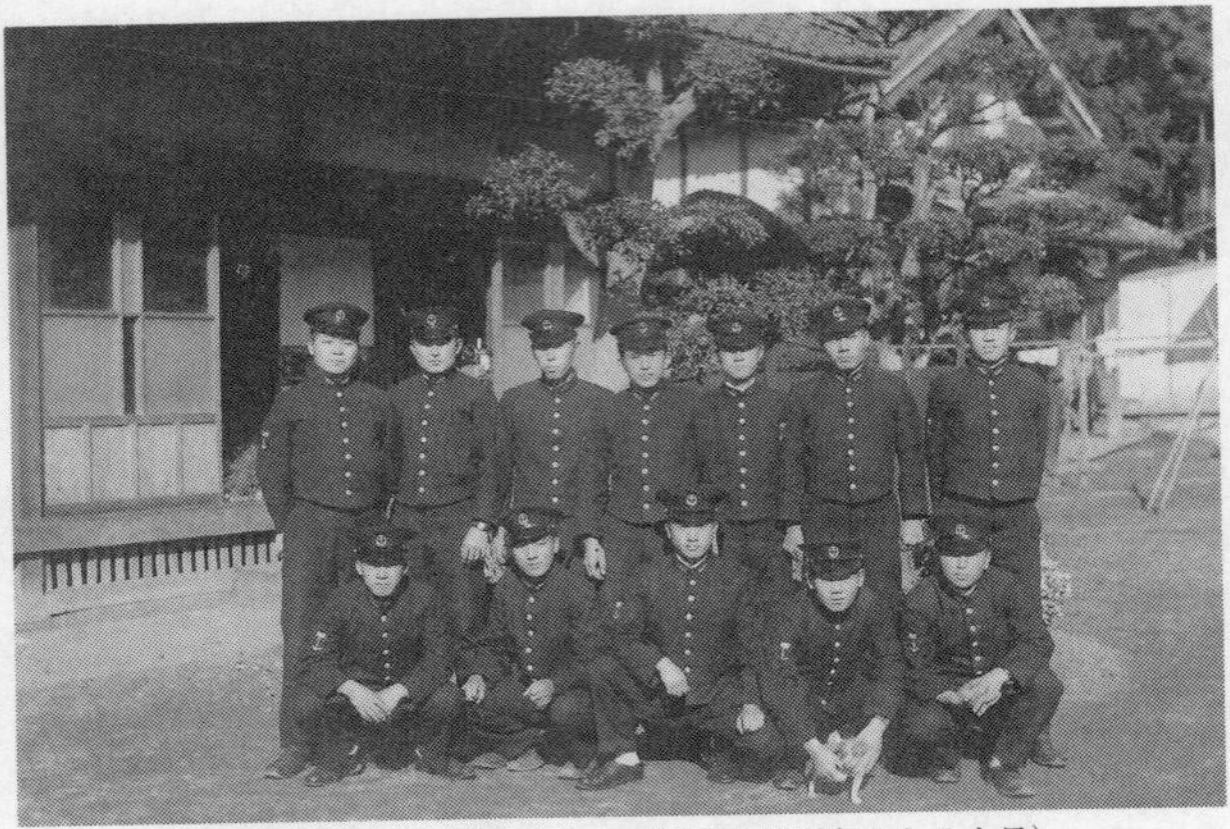

阿見倶楽部の庭で班員たちと（筆者は後列左から２人目）

毎週日曜日は待ちに待った外出（上陸）だ。午前九時、外出札という木製の札と弁当箱を各自持って練兵場に整列し、分隊長・分隊士による容姿の点検を受け、外出札を番兵にあずけ、心を弾《はず》ませながら分隊ごとに隊列を組んで隊門を出た。その後は班ごとに自由行動となった。

予科練生の給料（二等飛行兵は月十三円、一等飛行兵は月十六円）は班長が管理し、本人に渡ることはなかったが、外出時にそこから一円を小遣いとして受け取った。その一円は食べ物にみな使ってしまい、全然残らなかった。土浦市内に「保立食堂」「保長《ほちよう》食堂」など予科練専用の指定食堂がいくつかあったが、私は外出のたびに同じ班の連中と「保長食堂」に行った。そこで

東京行軍の際の記念写真

われらの集会所「隊外酒保」（土浦市内）

筑波山行軍での昼食休憩

は素うどんが一杯五銭、きつねうどんは十銭で食べることができた。おしるこ、あんみつ豆などもおいしくてよく食べた。また、一般の民家の中には予科練指定のクラブと称して外出の練習生を受け入れてくれるところがあり、私が所属した第六十一班はその家を「阿見倶楽部」と呼んで、お茶やみかんをご馳走になった。故郷を離れてハンモックで寝ていたわれわれにとって、家庭の雰囲気の中で畳の感触を味わえるのは何よりの楽しみだった。

楽しい外出から帰隊すると、自分の外出札を受け取り分隊に帰って、「笠井、帰ってきました」という証明にした。

隊外に出る機会は「行軍」という恒例

大元帥陛下行幸記念碑の除幕式（奥の建物は一講堂）

行事にもあった。近くの偕楽園や弘道館を訪問したり、夏には筑波山に登山行軍に行って分隊長、班長と一緒に握り飯を食べながら軍歌を歌ったり、七月には汽車に乗って「東京行軍」にも行った。最初に訪れた皇居前広場では二重橋を前に整列し、宮城を拝した。つづいて靖國神社、乃木神社、東郷神社を参拝し、最後の明治神宮参拝が終わると分隊ごとに解散して、班ごとの自由行動になった。そういう機会に汽車に乗って、一般の人の中で「娑婆」を感じるだけで、何か気持ちがほっとしたのを覚えている。

入隊後、二ヵ月くらいたってから一度だけ、土浦の正門の脇にある面会所に親父、伯父、兄が訪ねてくれて嬉しかった。どのような話をしたのかは覚えてないが、面会では隊内で困ったこととか、こん棒で殴られることなどはいっさい言ってはいけない決まりになっていた。そんな泣き言を親に言うはずもなかったが、もし言えば家族は心配するし、近くには番兵がいて会話はすべて聞かれていた。

昭和十七（一九四二）年七月十三日、土浦と霞ヶ浦の両海軍航空隊に天皇陛下が行幸されるという告知が総員集合時にあった。土浦に到着された陛下はまず、在隊の練習生による海軍体操を練兵場にてご覧になられ、つづいて霞ヶ浦湖畔で二十艇あまりによる二列の複縦陣の櫂漕をご覧になられた。陛下はその後、お召しの車で霞ヶ浦航空隊に向かわれたので、われわれは土浦から霞ヶ浦に通じる道、通称「海軍道路」の両脇にずらりと整列してお迎えした。お召しの三台の車はゆっくりと進み、列中にいた私の前も通過したが、三台目にお乗りになられていた海軍大元帥の軍服姿の天皇陛下を拝することは誠に畏《おそ》れおおく、顔を上げることもなかったが、大変光栄なことで感激したのを覚えている。

われわれは入隊一ヵ月で三等飛行兵、さらに二ヵ月たって二等飛行兵になった。

敵を見たら「筑波山ヨーソロー！」

一般の方はよく誤解されているが、予科練では飛行機の訓練はいっさいしない。ただ、入隊して二ヵ月目に一回だけ、「慣熟飛行」と称して練習機に乗り、一人あたり二十分くらいの体験飛行をした。編隊ではなく、単機で順番に飛行した。当時、飛行機に乗るなどということは一般人ではまずあり得ないことだったので、初めての飛行にみな興奮した。

初飛行当日の朝、朝食後ただちに飛行服を着て整列し、格納庫へ行った。飛行長訓示の後、順次飛行が開始された。土浦には陸上の滑走路がなく、航空機の離発着はできなかったが、霞ヶ浦の岸辺に位置する格納庫にはフロートをつけた水上機の練習機があった。水上機は二人乗りで教官が後ろ、練習生が前の操縦席に乗るようになっており、教員が後ろの操縦席に座って離水と着水の操作をした。

いよいよ自分の番が来た。「かかれ」の号令と同時に教員と同乗、離水して水平飛行になると、伝声管を使って「あっちを見てみろ」「下を見てみろ」と教員が指し示す方向を見た。すると、いままで見たこともない機上からの景色が広がっていた。

体験飛行だから「垂直旋回せい！」「宙返りせい！」などと命令されても何のことだか名前すら聞いたこともない。飛行機など乗ったこともないし、まして操縦などできるわけがない。しかし、水平飛行のときに教員が、「目標、筑波山ヨーソロー」と私に号令した。ヨーソローとは何かいな、と号令を聞いたときに思ったが、目の前に

昭和17年6月、第38分隊慣熟飛行記念

慣熟飛行は操縦の適性検査を兼ねていた（検査官は高橋飛行長）

ある筑波山に向かって真っすぐに行け！　という意味だった。つまり、敵を見たらまっすぐ突っ込め！　ということだ。「筑波山ヨーソロー」と復唱して操縦桿を握っているときは、「おお！　よくぞ、男に生まれける！」と厳しい訓練のことも忘れて感激したのを覚えている。

その後、「いまから宙返りする。前に何があるかよく見ておけ！」と伝声管で言われた直後、教員の操縦で宙返りしてもどると、前に見たとおりの風景。「お前、やってみい」と教員に言われたので、操縦桿を自分なりにぐんと引き寄せ、べーんと宙返りをして前を見たら何もない。とんでもない方向を向いていた。最初は練習機であっても操縦はなかなかそう簡単にはいかないものだ。

「操縦桿はなせ」「はなします」で興奮と緊張の二十分は終了し、霞ヶ浦に着水、緊張で体は汗だくになっていた。

慣熟飛行にのぞむ筆者

なお、この慣熟飛行は練習生を操縦課程と偵察課程に分ける際に必要となる操縦適性の審査を兼ねていたと後になって聞いた。

この素晴らしい体験飛行は、残念ながらわれわれの期で終わったと聞いている。

飛練教程、希望どおり「操縦へ」

予科練に入って間もない昭和十七（一九四二）年六月、世界最強と謳《うた》われていたわが機動部隊はミッドウェー海戦で正規空母四隻を沈められ、山口多門少将や優秀な搭乗員の多くを失った。

また、この年には珊瑚海海戦、ソロモン海戦、南太平洋海戦が起こり、一時は無傷の米空母が太平洋上に一隻もいなくなるほど海軍は奮闘したが、同時に空母対空母の激闘の中でわが機動部隊も激しく消耗し、ベテラン搭乗員の多くが戦死した。さらに、ガダルカナル島をめぐる戦いなどもはじまり、ラバウルを根拠地とした基地航空隊のベテラン搭乗員たちの多くが連日の出撃で疲弊していった。対照的に、アメリカは強大な国力を背景に工場をフル稼働させてグラマンF6Fなど強力な戦闘機を短期間に大量生産し、実戦配備をはじめた。さらに、アリューシャン諸島アクタン島に不時着した零戦をアメリカ軍は徹底的に研究し、弱点につけ込む対処法を作成して全軍に頒布した。

こうして、しだいに零戦は無敵の存在ではなくなっていった。

昭和十七年十月に後輩の甲飛十一期が入隊して、二学年に進んだのと同時にわれわれ十期は「操縦」と「偵察」に半々に分けられた。一応、練習生全員がそれぞれの希望を出すが、ほとんどが操縦希望であった。海軍もそのことを見越して偵察の重要性について教員たちが事前に説いて聞かせたが、やはり自分で操縦したいというのが練習生たちの偽らざる気持ちだった。最後はだれがどうやって決めたのかは確証はない。骨相や手相で搭乗員の適性を調べたというようなことも聞いたことがあるが、甲飛十期では五～六月に実施した適性飛行の結果をみて決めていたようだ。私は希望どおり「操縦」課程を命ぜられた。

操縦課程の練習生は当初、土浦で三式陸上初歩練習機の百五十馬力レシプロエンジンの分解、整備、組み立てなどを教えられた。そして、飛行練習生教程（飛練）にそなえて発動機工学、航空工学、気象、機銃や魚雷などの兵器についての課業も新たにスタートしたが、内容はいよいよ難しくなってきた。実際にはどこまで本当に理解できていたか怪しいものだった。

昭和十七年十月に海軍の階級呼称が変更になり、一等飛行兵だったわれわれは飛行兵長と呼ばれることになった。軍服や階級章などの意匠にも一部変更が加えられ、予科練の制服が水兵服からスマートな七つ釦《ボタン》の短ジャケットになってみな大喜びだった。同時に階級章は丸型の布地に飛行機をモチーフにした図柄がのったものから、盾形の

第38分隊61班員写真（筆者は前列左端）

黒布地に桜と錨が描かれた図柄に変更となった。

同年末には横須賀の軍港へ行き、艦務実習として戦艦「山城」に乗艦した。大正六（一九一七）年に就役した古い艦だったが、内火艇から見上げる戦艦の威容に圧倒された。

「山城」に乗艦後、係の乗組員に居室まで連れて行ってもらった。途中、艦内の急勾配なラッタル（梯子階段）がずーっと上までつづいている構造を下から見上げると、それは壮観だった。そして、乗組の水兵たちがそのラッタルをこまねずみのごとくじつに素早く登っていく姿が見事だった。艦内は広く複雑で迷路のようになっていたので、とても自分たちだけで移動することはできなかったが、われわれは艦の外に出てみたかったので、居室を出て、ラッタルをもたつきながら登り、勘を頼りにどうにかこうにか上甲板に出た。

「あっちの方角が横須賀の街やなあ」と夜に街の明かりを指しながらみなで言ってい

たが、夜が明けてふたたび上甲板に出てみると艦の向きが変わっていた。「あれ？　昨日まであっちに街があったのに、横須賀はどこへ行った？」一晩で巨艦が潮の流れによりいとも簡単に流されることに驚いた。私がいた第三十八分隊六十一班員の十八人はその後、実習で潜水艦にも乗った。

昭和十八年五月二十四日、戦局悪化のために予定を約四ヵ月繰り上げ、予科練を卒業することが決まった。繰り上げ卒業の告知は二週間ほど前のことだったが、この間、五月二十一日には聯合艦隊司令長官山本五十六大将戦死（戦死後元帥）の衝撃的ニュースが一般国民に伝えられ、隊内は動揺した。まさに戦局悪化を告げるものであった。卒業式では、恩賜賞である山階宮賞を東京都出身の須原実氏（昭和十九年六月二十日、マリアナ沖海戦にて戦死）が受賞した。

最後の訓示の後、われわれは号令台前に整列、隊門まで行進すると「帽振れ」の号令がかかった。教官、教員の方々は目頭を熱くしていた。私は「ついに予科練卒業だ！　飛練（飛行練習生）に進める！　いよいよ操縦を教わるのだ！」と、今後のことを想像して胸が高鳴るのを覚えた。

第三十二期飛行練習生操縦術特修の辞令を受け、飛練教程の教育を受けるために汽車で北海道の霞ヶ浦海軍航空隊千歳分遣隊（現在の航空自衛隊千歳基地）に行くことは決まったが、予科練が繰り上げ卒業になったためなのか、千歳の航空隊はまだ練習生の受け入れ施設の準備ができていないという。そのため、何とそのまま土浦の予科練に仮入隊としてもどされることになってしまった。

当時、土浦の西隣の高台に東洋一と言われた大きな霞ヶ浦航空隊の飛行場があり、一ヵ月あまりの間、そこで教育を受けた。土浦の隊門を出て左に折れ、阿見坂を上り、毎日、雨の降る日も風の吹く日も、その坂道を駆け足で約五十分かけて往復した。道の両脇に咲く遅咲きの桜並木が、それは見事できれいだった。

昭和四（一九二九）年八月にドイツの飛行船「ツェッペリン伯号」がシベリアを越え霞ヶ浦に飛来したが、そのとき使用した飛行船の巨大な格納庫がそのまま設置されてあった。全長約二百四十メートル、全幅約七十三メートル、高さ約三十五メートルもあり、霞ヶ浦の基地内ではひときわ目立つ存在だった。もともとは第一次大戦後、ドイツからの押収格納庫（戦利品）だった。

霞ヶ浦航空隊は飛行学生（士官）用の訓練場でもあったが、千歳に操縦を習いに行く予定のわれわれ三百人の練習生は、グライダーを使って最初の飛行訓練を受けた。「プライマリー」という初級グライダーだ。練習機に乗る前にグライダー教育を本格的に受けた予科練の練習生は後にも先にも例がなかったようだ。グライダーを使って各人一日に二回くらい操縦訓練をした。

地面に棒を立て、そこにグライダーを引っかけて固定し、グライダーの先端にゴムひもをつけて練習生十人くらいで引っ張る。十歩くらい引っ張ったところで「離せえ！」と号令がかかり、グライダーをつなぎ止めていたひもをぱっと棒から外す。すると、グライダーはゴムの反発力でピューッと滑走し、空に上った。二、三メートルの高さまで上って、引っ張ってくれた人たちの頭上を飛んで行くと、勢いでつい操縦桿を引きすぎて失速し、後ろ向きにどすんと墜落した。怖かった。墜落したときには、みな失禁してしまうほどであった。

訓練が終わると教官から、「こらっ！　貴様ら、気合いが入っとらん。なんじゃ、きょうの訓練は！」とかならず怒られた。どれだけ一所懸命やってもだめだった。そして、最後に罰直として「ツェッペリン号格納庫へ集合！」と言われ、決まりごとのように大きな飛行場の端まで走らされ、巨大な格納庫を全力で一周させられた。

霞ヶ浦では予科練のときほど殴られたりはしなかったが、罰直で走らされ、体力、気力を養っていった。だから思い返せばただのいじめや制裁などではなかった。訓練が終わったら予科練まで駆け足で帰っていく。そしてつぎの日の朝、ふたたび駆け足で霞ヶ浦飛行場まで訓練を受けに行く。いつもいつも駆け足で、しんどくて、「もういい加減にしてくれ！」と正直に思った。しかし、そうやって鍛えられ、われわれは心身ともに強くなったのだから、いま振り返ればありがたかった。

グライダーの訓練がはじまって一ヵ月ほどが経ち、全員が離着陸をあるていどできるようになった六月八日、戦艦「陸奥」が柱島泊地で爆沈するという大事件が起きた。同艦にて艦務実習中だった甲飛十一期百三十五人のうち百二十四人が殉職したこの爆沈事件は、軍機密事項として厳重な箝口令《かんこうれい》がしかれたが、われわれにはその事実が知らされていた。この事件の直後、千歳基地の受け入れ体制がととのったので、ようやく汽車で北海道まで移動することになった。

千歳に到着したわれわれ操縦要員は、ついに練習機を使った訓練を受けることになった。千歳基地は当時、艦上爆撃機や攻撃機の基地だったが、広い敷地の一角で三百馬力の九三式中間練習機（九三式中練）、通称「赤とんぼ」という複葉・固定脚の練習機を使って訓練が開始された。

前年六月の体験飛行のときと同じように練習生は前、教員は後ろの操縦席に座った。「笠井練習生〇〇号（飛行機固有の号数）、離着陸訓練同乗、出発しまーす！」と飛行隊長に申告してから飛行機に乗り込んだ。練習機には前の席にも後ろの席にも同じ操縦桿、計器がついているから、教員が好きなように操縦できる。教員は後ろから「伝声管」を使って練習生に言葉で指示を出した。伝声管は文字通りただの管だったが、発動機や風切り音のする上空でも教員の声がよく聞こえた。初めて操縦したときも、

九三式中間練習機「赤とんぼ」

「第一旋回！」「第二旋回！」「第三旋回！」「第四旋回！」という後ろの教員の指示がよく聞こえたのをいまでもよく覚えている。

一日に二、三回、練習機に乗っては離着陸訓練、二〇〇メートル上空での編隊訓練、宙返り訓練などをした。少しでも思いどおりに操作ができなかったときには、直径五センチていどの「指《し》南《なん》棒《ぼう》」という樫の棒で後席から教員が頭をバーンと叩いてきた。よく叩かれる人の頭はこぶだらけになっていた。叩かれすぎた練習生の中には飛行帽の中に手拭いを仕込んで衝撃を和らげようとする者もいたが、叩いた感触で教員は見抜き、飛行機を降りてから、「貴様、帽子

脱げ！」と命じた。中から手拭いが出てくると、「貴様、こんなもの入れやがってぇ！」と結局、よけいに叩かれて悲惨だった。

操縦ができるようになってくるとつぎは単独飛行だ。先輩の期の練習生たちは十時間、最低でも七、八時間は訓練しないと単独飛行が許可されなかった。ところが、われわれは直前に霞ヶ浦でグライダーの訓練を受けていたので操縦の感覚ができており、単独飛行までの練習時間は早い者で三時間、遅い者でも五時間ていどに短縮された。「こんどのレンコ（練習生）はみな操縦がうまいな！」とほめる教官もいた。

初の単独飛行は土浦での飛行体験のときと同様、搭乗員人生の記念すべき出来事だ。私は三時間も乗ると単独飛行を許された。「おいっ、笠井練習生、単独（飛行）許す！」と教員に言われたとき、どれだけ嬉しかったことか。

初めて単独飛行に出発するとき、後席を見るといつもの教員が乗っていない。教員の代わりに重量バランスをとるための重しが載っているだけだった。私は一気に心細くなった。叩いてくる教員でも同乗してくれているだけで大変な安心感だったことに気がついた。

列線を出て地上滑走のときは恐る恐るだったが、エンジンの回転数を上げて滑走し、ふわりと離陸した瞬間、「ついにやったぞ、いま、俺は空を一人で飛んでいるぞ！」と感激もひとしおになった。

単独飛行のときは、「笠井練習生○○号、離着陸訓練、単独飛行出発しまーす」「……編隊訓練、単独飛行出発しまーす」「……特殊飛行（宙返り、垂直旋回、横転、背面飛行など）出発しまーす」と飛行隊長に申告してから乗った。単独飛行は何か起きてもだれも助けてはくれないので心細い一面もあったが、後ろから棒で叩かれることはないので、緊張して操縦しながらも気持ちは爽快だった。

さらに課程が進むと、夜間や雲中飛行の操縦を想定し、操縦席に幌を被《かぶ》せ目隠しをして操縦する計器飛行も訓練した。計器飛行では教員が前席、練習生が後席に乗った。

飛練の訓練は総じて予科練以上に厳しかった。一日の訓練課程が終了して整列のときはかならず殴られた。罰直で一番つらかったのは、訓練後にあの広い千歳の飛行場を「飛行場一周！」と言われて走らされるときだった。それが終わらないと食事はできないが、北海道の食事は土浦にいたときよりさらにおいしくなった。魚、南京（かぼちゃ）、じゃがいも、いろいろ食べることができた。

北海道の娘たちが奏でた琴の調べ

一式陸上攻撃機

千歳の町中には軍人専用の「隊外食堂」という店があり、初めての外出時に同期生の越智宣弘君と一緒に食事をしていたら、先輩搭乗員が、「おい、そこの練習生、貴様らこれからどないするんや」と声をかけてきた。

「私らこれから下宿さがしに町中を散歩しようかと思っていたところです」と答えたら、「そうか。よっしゃ、それなら俺が下宿を世話してやる」と言って、岡本という表札のかかった家にわれわれを連れていってくれた。海軍では、民間の家にお邪魔して、外出（上陸）時に休息させてもらうことを「下宿」といっていた（練習生の外泊は許可されていなかった）。

「ここの家の人に下宿を頼んでおいたから、これから貴様らが外出のときはここへ来たらいい」と言われ、お世話になることになった。まもなくわかったが、そこは初代千歳町長・岡本幸信氏の家（官舎）だった。

紹介してくれた先輩は甲飛二期出身の七六二航空隊搭乗員で、そのときは一式陸攻でラバウルから内地に一時的に帰っていたそうだ。当時、海軍の新型攻撃機だった一式陸攻が十数機で堂々と編隊を組み、千歳の空の上を征《ゆ》くのを見ていた。かたや、われわれ練習生は赤とんぼ。みなで、「一式ってすごいな、格好いいなあ。俺たちも早くああなりたい！」と憧れていたところだった。昭和十八年は日本がしだいに苦しい時代に入っていく途中だったが、まだ大戦末期ほどには切羽詰まってはおらず、搭乗員が休暇でこうして内地に帰ってくることもあったのだ。

越智宣弘氏（右）と筆者（千歳にて撮影）

町長さんの官舎は基地の隊門からもほど近い千歳神社の近く、千歳川のほとりにあった。官舎の敷地内には離れの建物が川の土手沿いにあり、日曜外出時、一週間に一度あるかないかだったが、越智君と私ともう一人が下宿としてお世話になった。

いまから十年ほど前、航空自衛隊千歳基地を見学に行ったとき、私は官舎のあった場所を訪ねた。建物はすべて潰されてなくなっていたが、かつてそこにあった大きな木はいまもそのままの姿で残っていた。

下宿先では、酒、たばこはのまないが、畳の上で過ごしてその家のお母さんの料理をご馳走になった。われわれは岡本町長宅の官舎の離れで魚、じゃがいも、南京などをいただいた。とくに南京を煮つけたご馳走はとてもおいしかった。

涼しい夏がすぎて秋を感じさせる冷たい風が吹くころ、下宿先の格子窓から真下の千歳川を見ると、流れが真っ黒に見えるほど、ものすごい数の鮭が一斉に遡上しているのを見て、一緒に下宿していたほかの同期生とともにびっくりしたのを覚えている。しかし、住民も軍人もだれもその鮭を取りに行ったりはしなかった。川の上流には鮭の孵化場があり、その付近にはアイヌの集落があって仲間と外出時に見学に行ったことがあった。非常に慎ましやかな木と茅葺の家に彼らは住んでいるような印象だった。

千歳基地では、体力練成と余暇を兼ねた催しとして二、三回、土曜日の昼から練習生全員でうさぎ狩りをした。飛行場近くの灌木の林の中で一個分隊百二、三十人がチームを組み、網を張った方向にうさぎを追いこんでいくとかわいいうさぎが二、三匹獲れた。獲ったうさぎは「うさぎ汁」にしてみなで食べたが、味は覚えていない。

千歳に来て約五ヵ月、昭和十八年十月に入ると飛練教程も練度がすすみ、卒業が近づいた。通常なら長くて一年ていどの教育プログラムだが、戦局が悪化して半年に短縮されたのだった。

岡本町長の官舎を最後に訪ねたとき、奥様や家の人に、

「いよいよ今月末で私たちは卒業です。来週からはもう下宿には来ません。これまで親切にしていただきありがとうございました」と告げたところ、

「そうですか。ご卒業おめでとうございます。皆様へのお祝いと、お別れに琴を弾きましょう」と言って、娘さんが二人、われわれに琴を弾いてくれた。

ふだんの生活ではラッパ以外の楽器の音を耳にすることはほとんどなかったので、川のせせらぎの音と相まって、とても清らかな気持ちになった。終戦後、すぐにお礼の手紙を出したことがきっかけとなり、町長の二人の御令嬢とは最近まで文通がつづいた。

いよいよ卒業というとき、「きょうはお前たちの機種選定をするから希望を出せ！」と教員に言われ、全員に紙が配られた。その結果、八割から九割が戦闘機希望だった。

「貴様らどいつもこいつも戦闘機、戦闘機と言うけれど、戦闘機では敵の艦《ふね》は沈めら

れんのやぞ。艦攻も艦爆も希望せい！」と言ってやり直《なお》し。それでも私はもう一度、戦闘機を熱望した。

しばらくすると選別の発表があり、私は希望どおり戦闘機操縦術専修（戦操）の命令をもらった。うれしかった。戦闘機を熱望しながら艦攻、艦爆に行かされた者の中には教員に必死に食い下がるのもいたが、一度決まったらどうにもならなかったようだ。というのも、希望は聞いても練習生一人ひとりの適性はみられていたからだ。

千歳では三百人の練習生のうち、戦闘機には二百人ほどが進んだ。そしてわれわれは昭和十八年十一月一日の卒業と同時に下士官（二等飛行兵曹）となり、つぎの「延長教育」（実用機教程）を受けるため、当時、「日本一の練習航空隊」と称された徳島基地へ汽車で移動することになった。

下士官の制服が間に合わなかったので、下士官帽に予科練の七つ釦の制服を着て千歳から函館まで汽車で移動し、青函連絡船に乗った。当時、駅弁のようなものは売っていなかったので、青森駅近くの商店で代用食にりんごを仲間と買い込み、汽車で移動した。軍用列車ではなかったので、練習生の車両の後ろには一般の客車もついていた。

私は、途中、兵庫県を通過することがわかっていたので、神戸駅でひさしぶりに家の者に面会できないかと思って事前に実家に電報を打ち、指定した待ち合わせ場所でしばらく待ってみた。しかし、だれも来なかったのでふたたびみなのところにもどり、徳島まで移動した。

戦後、そのことを母に話したところ、「そんな電報はとどいていない」と言われた。

徳島で延長教育。初めて零戦に搭乗

飛行練習生教程（初歩教程）で千歳にいた昭和十八（一九四三）年の太平洋の戦局は各方面で完全に日本軍が劣勢となっていった。二月までにガダルカナル島からの撤退が終了し、四月には山本五十六司令長官が戦死、つづく五月にはアッツ島守備隊が玉砕した。九月には戦争遂行上、絶対に確保すべき要域として「絶対国防圏」が設定され、十月、明治神宮外苑陸上競技場で雨の中、あの有名な出陣学徒壮行会が開催された。連合軍の圧倒的な物量による攻勢に対し、日本は兵器も物資も兵隊もみな不足していた。

昭和十八年十一月三日、徳島駅に着いたら海軍のトラックが駅前にたくさん待っていた。われわれはトラックに順次乗せられ、徳島航空隊に移動した。各トラックには下士官がついていたが、顔つきや声の感じが恐ろしい人ばかりで、「これからこんな教員たちに教わるのか……」と到着早々ずいぶん怖い思いをした。彼らはこん棒を手に持ってわれわれを待ち構えていた。その光景はいま思い出しても怖い。駅前では一般の目があるから教員たちはわれわれを殴ったり叩いたりはせず、「早く（トラックに）乗れー！」と言うだけだった。

乗車してしばらく走ると徳島航空隊に到着した。いまは海上自衛隊の基地となっているが、当時からあまり広い飛行場ではなかった。下車して辺りの様子を見ると、教育訓練用の複座機（十七試練戦）とともに、旧式だが実戦に使う九六戦（九六式艦上戦闘機）と零戦が並べて駐機してあったのが目に飛び込んできた。実物の零戦を間近で見たのはそのときが初めてだった。

なんと格好がよく、美しい飛行機だろう……と感嘆した。その場にいた者はみなそう思った。いまでも、現存する零戦の機体やプラモデルを見るとそう思う。

しかし、いま振り返っても徳島でのいい思い出は徳島駅で感じた予感どおり、ひとつもなかった。徳島航空隊に到着してすぐに総員整列がかかり、号令台に牧幸男飛行長（海兵六十五期・大尉）が駆け上がった。牧大尉はラバウルの空中戦で顔を火傷していて、手も不自由な様子だったが、歴戦の勇士らしく見るからに精悍な感じがした。

彼は、
「ここでは貴様たちを叩いて、叩いて鍛え上げる。ここを出るまでに、一人残らず鷲の目のような戦闘機搭乗員に仕上げる。そのつもりでついてこい」と訓示した。

戦後、牧大尉の海兵同期が「ものすごくいい人」と彼を誉《ほ》めていたが、われわれ練習生にとってこれほどに怖い隊長は経験がなかった。怖いというのは見た目のことではない。徳島ではバッターのない日はなく、罰直では飛行場を何度も走らされた。前述した練習生の燃料残量報告の一件（吹き流し事件）も徳島。火の出るような訓練、そして制裁ばかり……。

徳島航空隊では、最初に固定脚・プロペラ二枚の九六式戦闘機で離着陸訓練を二、三回行ない、その後すぐに零戦での訓練がはじまった。まず複座の零戦「十七試練戦」で基本操作と操縦感覚を覚え、二、三回乗ったらいきなり「あすから単独で乗れ」と言われた。しかし、最初は零戦はなかなか一人で操縦するのは難しい。赤とんぼ（九三式中練）は簡単に離着陸できるが、零戦はスロットルを前に押して全開にし、スピードが上がって離陸したら風防を閉め、すぐに引込脚を収め、フラップを収めなくてはならない。着陸のときは脚を出し、フラップを出さないといけない。いろいろとやることがあって忙しい。この離着陸の操作をわずかな期間で覚えなくてはならな

飛練延長教育卒業写真（徳島）

かった。

離着陸訓練では「誘導コース」という決まった航路（離陸、第一～四旋回、着陸）を順番に飛行した。慣れるまでは操作にもたつく。もたつく間に高度はどんどん上がる。距離は余分に飛んでしまう。飛行機を降りたら教員に殴られる。重い飛行靴のまま、飛行場のまわりを全力疾走で走らされる。走っている途中で何人も落伍する。あまりにも厳しい連日の訓練に、そのまま海に突っ込んで死んだらどんなに楽か、と考えるまでに精神的に追い込まれた。しかし、いま思えば本来数ヵ月かけてやる延長教育を短期間で仕上げるためには教えるほうも隊長以下、みな命がけだったはずだ。

そして私は心に誓った。「ハワイ空襲、

マレー沖海戦、これを完成させたのはわれわれの先輩たちではないか！ これと同じ訓練を受けてきた先輩たちが実戦であんなに立派な戦果を上げている。負けてなるものか！」苦しい訓練に必死に耐えながら、十七歳の子供だった心にもそのような思いがひしひしと迫っていた。みな歯を食いしばって頑張りぬいた。そして幸いなるかな、徳島での延長教育はわずか二十日間で終了することになった。

先輩たちは部隊配属の前に飛練と延長教育を合計一年から一年半くらい受けており、われわれもその予定でいた。しかし十一月下旬のある日、徳島の基地に一機の零戦が着陸した。操縦席から偉い人が降りてきて、ライフジャケットを見たら「豹部隊司令」と書いてあった。玉井浅一中佐（当時。海兵五十二期）だった。搭乗員の数がとにかく不足していて、一日も早く練習生が部隊にほしいので、習熟度合を確認しにきたのだ。

しばらくすると、「いまから名前を呼ぶ者は、明日卒業だ」といわれた。零戦で単独離着陸ができるようになった練習生の中からつぎつぎに名前が読み上げられ、その第一回卒業生の中に私の名前も入っていた。そのころは南方戦線も非常に厳しい状況になっており、延長教育はわずか二十日で切り上げられ、私は同期とともに半ば強引に実施部隊へ配属させられることになった。

第二章　太平洋の激闘

二六三航空隊「豹」戦闘機隊配属

徳島の訓練中、名前を呼ばれた練習生四十二名は延長教育を切り上げ、昭和十八（一九四三）年十一月二十三日に汽車で松山基地に移動した。第一航空艦隊隷下に編制中の第二六三海軍航空隊、通称『豹部隊』に配属になった。とうとう海軍の戦闘機搭乗員になったのだ！　嬉しさと身の引き締まる思いで感無量だった。

松山基地に到着すると零戦二一型が何十機もずらりと並んでいた。「ほー、これはすごいな。みな零戦か。さすが実施部隊やな。これでついにわれわれはグラマン、シコルスキーと空戦するんや！」と感激した。とはいえ、予科練を卒業して半年、飛練で赤とんぼの訓練と二十日ていどの延長教育しか受けていなかった。空中戦の訓練もしておらず、ようやく零戦で離着陸ができるようになったていどだ。かたや、実施部隊の松山基地上空では轟音をたてて零戦同士が空戦訓練をやっている。「へえー、俺たちもあのような搭乗員になれるのだろうか……」と地上からその様子を見上げながら、われわれは士気旺盛なれども非常に不安になった。

訓練が終わり、操縦席から降りてきた搭乗員たちの階級を見ると、その多くが飛行兵長や上等飛行兵だった。一般の水兵から予科練に半年行って飛練を卒業した「丙飛」の人たちだ。私たちは制度上、十一月一日に彼らよりも先に下士官になっていたが、とうぜん何をやっても彼らのようにはできず、「下士官のくせに何もできず、ぶらぶらしやがって！」と事あるごとに怒られた。彼らの言うとおり、われわれは何もできないから彼らの靴を磨いたり、洗濯したり、食事の用意をしたりした。できることといえばそんなことくらいだった。

歳はほぼ一緒だったが、軍歴では半年から一年先輩、しかも中には実戦を経験した人もいたので、彼らにはとうてい頭が上がらない。当時、「星の数より飯の数」あるいは「味噌汁の数でこい」などの言葉があったように、階級の上下よりもどれだけ軍隊で飯を食べてきたかがものを言った。

松山での訓練がはじまった。零戦で離着陸訓練、編隊訓練、垂直旋回や宙返りなど

上右：263空時代（松山基地）左上でタバコを吸っているのが筆者。上左：同期の吉岡資生氏（右）と筆者（昭和19年12月、松山基地）。下：松山基地にて（昭和19年1月ごろ）

の特殊飛行訓練、一対一、一対二の空戦訓練などをその飛行兵の先輩たちに教わった。

われわれは長機がすることを三十メートル後方について同じ操作をする追蹤《ついじょう》運動から訓練をはじめた。これまで操縦してきた練習機はだいたい六、七十ノットの速度だったのが、零戦では倍の百二十ノットくらいは出るので、いままでとはずいぶん勝手が違った。スピー

同期の谷暢夫氏（右）と著者

ドは練習機に比べるとずいぶん速かったが、零戦の場合は離陸後に風防を閉めて飛ぶので操縦席は比較的静かだった。そして徳島で苦労した脚やフラップの出し入れも、慣れてきたら簡単にできるようになっていった。実弾射撃訓練もわずかに二、三回の機会ではあったが、初めて実施できた。もちろん、実機同士での撃ち合いはできないので、飛行機が曳航する吹き流し（曳的）にめがけて射撃を行ない、同期生と当てた弾の数を競った。

松山では、外出（半舷上陸）の際には「菊水堂」というお菓子店を営む三宅さん宅に下宿させてもらい、大変お世話になった。店の主人が玉井司令と松山中学校で同期だった縁もあり、小豆を使ったお菓子を航空隊の酒保（売店）にも納入していたお店だった。

松山に来て三ヵ月あまりたった昭和十九年二月二十日、敵の大機動部隊が絶対国防圏の要所であるマリアナ諸島に来襲との情報により、重松康弘飛行隊長（大尉・海兵六十六期）以下二六三空の古い搭乗員が先発隊として二十名ていど、千葉県の香取、硫黄島経由でテニアン島に進出して行った。われわれ同期生はまったく空戦できる練度ではないので松山に残った。このときすでに、部隊の搭乗員八十数人のうち半分はわれわれ甲飛十期生だった。しかも、ベテランとされた古い搭乗員たちでさえも、実戦経験者は一人か二人しかいなかった。それほどに搭乗員が不足していたのだ。

二月二十三日、米機動部隊の延べ約二百機の大編隊がマリアナ諸島一帯を急襲したので、テニアン島に着いたばかりの先輩たちは零戦八機をもってサイパン、テニアン、ロタ島上空にて邀撃戦を展開、Ｆ６Ｆ九機を撃墜したが輪島由雄中隊長（中尉、戦死後大尉・操練十八期）ら全機未帰還、地上でも残りの全機が破壊されて先発部隊は壊滅した。

重松隊長以下、生き残った搭乗員数名が飛行機を取りに輸送機で松山に帰ってきたとき、マリアナの状況を本人たちから直接聞かされ衝撃を受けた。われわれが二六三空に配属となった日、基地上空で模擬空戦をやっていた先輩たちがみな戦死したのだ。

ラバウルやガダルカナル方面では空戦で日本側にも相当な数の戦死者が出ているこ

とは聞いていた。その前にはミッドウェーで正規空母が四隻沈められたという秘匿情報も耳に入っていた。入隊時に土浦の司令だった「赤城」艦長の青木大佐が内地に帰っていたのも知っていた。しかし、部隊の先輩搭乗員を多数失うという現実に直面し、われわれは実戦の厳しさを自分のこととして初めて実感したのだった。

洋上飛行で南方へ――「地球は丸かった」

昭和十九（一九四四）年三月四日、マリアナでの空中戦闘による消耗によって同方面の搭乗員も零戦も補充に緊急を要する事態となり、玉井司令から「お前ら（甲飛）十期はまだまだろくに空戦もできない技量だが、搭乗員がたりないのでとにかくマリアナに行け」という命令が下され、松山から千葉県の香取、硫黄島を経由してサイパンの「アスリート飛行場」まで行くことが決まった。

戦後にわかったことだが、射撃訓練もまともにできていない状態で海軍搭乗員が戦地に赴くことになったのは、このときが初めてだったそうだ。徹底した試飛行と整備を準備万端に行ない、途中に立ち寄る飛行場の説明や注意点を聞き、零戦での離着陸や水平飛行がやっとだという技量で、甲飛十期生の搭乗員は重松大尉の指揮で第一陣が出発した。私は第二陣で出発することになり、主計兵のつくった搭乗員の弁当とソーダをもらい、一番機の芳野定俊一飛曹（乙十二期）に率いられて十七、八機の同期の零戦とともに出発した。

松山から香取を経て硫黄島までは編隊を組んで洋上飛行。香取を後にすると、伊豆・小笠原諸島をつたって四時間ほどかけて南へ飛んでいく。エンジンの調子がおかしくなったら、「あそこに不時着すれば日本の土地やから心配ないな」などと思いながら、安心して操縦していた。

「南洋ではサングラスが要る」と母に手紙を書いたら送ってくれた（マリアナに出発する直前、松山基地にて）

一人乗りの戦闘機では位置をくわしく把握しながら操縦するわけにはなかなかいかないので、戦闘機が長時間飛ぶときは「誘導機」に先導されながら移動した。その日の誘導機は艦爆「彗星」で、偵察員も乗った二人乗りだった。

小笠原諸島を過ぎ、さらに南下すると島影がぱたりと見えなくなり、四方はとにかくひたすら海。誘導機と羅針儀を頼りに操縦桿を握ってしばらく行くと、計器の針の中にはぷるぷる震えて心もとないものも出てきた。また、燃料もだんだんと減っていった。

「ここでエンジンが調子悪くなったらどないしよう……」と内心はおっかなびっくりだった。どないしようって、無論そうなったら死ぬよりほかないわけだが。不安を打ち消すためにエンジンの単調な爆音の中で大声を出してみたり、軍歌を口ずさんだりした。

前を見ると、行けども行けどもかすかに丸い水平線。「なるほど、地球は丸かった」とそのとき、私は実感した。

時計を見て、「そろそろ硫黄島の辺りのはずなのに、島が見えないなあ」と思っていたら、誘導機が急に左旋回を開始した。はぐれたらあかん！　と思ってついて行くと硫黄島が行き先の線上にだんだん見えてきた。彗星の偵察員が位置の計算を少し間違えていたようだった。しかし、よくぞあのときに間違いを修正して硫黄島を見つけてくれたといまでも思う。島はボコボコと煙を出していて、上空通過の際に硫黄のにおいがした。

われわれの編隊は誘導機と一緒にすり鉢山を飛び越えて硫黄島の飛行場に着陸した

が、そのとき二機が着陸に失敗して飛行機を壊してしまった。そしてつぎの日、昼飯を食べて十三時ごろ、いよいよこんどはサイパンに向けて出発することになった。誘導機は九六式中攻に交代しており、もし途中で敵の潜水艦でも見つけたら対艦攻撃できるように魚雷を搭載していた。

硫黄島を離陸後、エンジン不調のため二機が引き返し、さらに一機は故障により海面に落ちていってその搭乗員は殉職した。硫黄島を出て四時間、誘導機は魚雷を搭載しているために機体が重くスピードが出ない。こちらが突っかかってしまいそうになるので、エンジンの回転数を思い切り絞って距離を離し、百ノットていどの低速で高度二千メートルくらいの上空を飛んでいった。

またまた青い海と白い雲ばかりの中をびくびくしながら飛んでいると、私が操縦する零戦のエンジンが止まってしまい、突然訪れた孤独な静寂の中で体に戦慄が走った。増槽タンク燃料を使い切ったのだ。増槽とは、翼槽（機内の燃料タンク）だけでは航続距離が足りない場合に取りつける着脱可能な流線型の燃料タンクのことだ。最初は増槽内の燃料で飛行するが、増槽には燃料計が無いので、タンク内のガソリンが無くなると飛行中に突然エンジンが止まってしまう。初めて、しかも洋上での経験だったので冷や汗がたっぷり出たが、あわてて燃料コックを翼槽に切り替え、手動ポンプを数回押し引きすると、轟音をたててエンジンが無事に回りはじめた。「やれやれ……」と安堵しながらふたたび元の誘導機斜め上空の位置にもどった。

ようやく目的地のサイパン島上空手前まで着くと、こんどは上空一万メートルにも達する南溟《なんめい》特有の巨大な積乱雲が居座っており、とても超えられそうもなかった。そのため、手前のパガン島という火山島にある、緊急避難用の小さな飛行場に行き、上空から様子を確認して着陸できそうだったので、誘導機、一番機につづいて私は着陸した。

初めての洋上長距離飛行を終えて着陸したときは正直にほっとしたが、なぜか後続の零戦のうち二機が降りてこなかった。空を見上げても飛んでいないので、「おっかしいなあ、どこではぐれたのか」と一番機と話をしていたら、島民がわれわれのところまで血相変えて走ってきて、「飛行機が二機墜落した！」と言う。火山が噴煙を上げていて気流が悪く失速したためなのか、同期生が操縦する二機がまったく同じところに墜落、殉職していた。一人の遺体は収容できたので荼毘に付したが、もう一人は収容できなかった。こうして、第二陣として松山を出発した零戦は十二、三機までに減っていた。

その後、島の基地隊に挨拶にいくと、いまもそのときの声が耳に残っているが、向

こうの守備隊長が、

「おおっ！　貴様、笠井でねえか！」と東北訛《なま》りで言ってきた。

ああ、たしかにどこかで聞いた声、そして顔も見たことがある人やなあ、と思ったら、予科練のときに剣道の先任教員をしていた岩淵教員だった。条件反射で背筋がピンと伸びる感じになった。剣道六段の気合いの入った教員だったが、パガン島では兵曹長に昇任していた。岩淵兵曹長はほどなくサイパンに転勤となり、守備隊が玉砕したときに戦死されたと戦後聞いた。

翌日、遺骨を飛行機に乗せて離陸し、サイパン上空に着いた。島を見下ろすとヤシの木がいっぱい生えていた。ヤシの木などそれまで見たこともなく大変興味深かったので、着陸してから近づいてよく観察した。ヤシの実は島民の大切な食料だったから採ってはいけないことになっていた。そのほかにも、われわれにとってもの珍しいものがあった。それは島民の格好だった。老若男女みんな腰蓑。絵本か何かで見たり聞いたりすることはあったが、生まれて初めて見る本物の島民の格好に私をふくめてみな興味津々だった。

バナナも初めて見た。いま日本のスーパーで売っているような一般的なバナナとは違い一様に青くて小さかった。われわれは「三角バナナ」と呼んだ。黄色くなるまで置いて、そして食していた。それから南方ではどこへ行っても蚊やハエに悩まされた。私は幸いにもデング熱、マラリアといった南方病には一度もかからずにすんだが、陸軍・海軍は病気とも戦っていた。サイパンには二六三空の兵舎はなく、日本の小学校の教室に毛布を敷いて寝泊まりした。

サイパンのアスリート飛行場は戦闘機隊の二六一空『虎部隊』が根拠地としていた。中攻（双発の攻撃機）や艦爆の部隊もあった。サイパンにいる間は、入隊以来初めて訓練も何もしない平日を過ごした。朝起きて、飛行場へ行っては自分の愛機を調べたり、掃除をしてのんびりと過ごした。数日の滞在後、本隊のある大宮島（以下、グアム島）へ移動することになった。

グアムで訓練開始

サイパンを出て一時間半ほどの飛行でグアム島の飛行場に着陸した。二六三空の基地があるグアムの第一飛行場はあまり大きくなく、現在、国際空港がある場所の近くにあった。こうして最盛期には零戦四十九機がグアム島にそろい、実戦部隊としての陣容をととのえた。

グアム島はもともと米西戦争後のパリ条約で米国の植民地となり、米軍が使っていた施設を同島占領後に海軍はそのまま使っていたので、われわれはみなベッドで寝た。米軍のベッドはやたら長くて幅もあり、一つのベッドで日本人なら二人は寝られそうなくらいの大きさだった。私は横になりながらアメリカ人の体の大きさをふと想像した。

零式艦上戦闘機五二型

グアム島では朝五時総員起こし、日中は内地でできなかった訓練をやった。アプラ湾横の半島部分に滑走路があり、兵舎からトラックで移動。飛行場に着いたら整列して点呼を行ない、六時になったら決められた編隊四機で上空哨戒に出た。

零戦五二型に乗り、島の上空を高度二千メートルから二千五百メートルでぐるりと哨戒飛行した。二時間ほどたつと、第二班の交代要員が地上から上がってきて、先に上がっていた一班の哨戒は終了するのだが、すぐには基地に帰してくれなかった。四機で編隊訓練、二機と二機、あるいは単機対三機に分かれて空中戦技訓練をやり、合計四時間ほど飛んでようやく着陸した。

飛行場に着陸したら昼飯。束の間の心休まるひとときだった。どんな糧食だったかあまり詳細は記憶にないが、当時日本では珍しいバナナやパイナップルをよく食べた。私にとっては初めて見る果物ばかりだったが、何を食べても珍しく、甘くておいしかった。グアムでは食糧だけでなく、航空燃料や弾薬も不足に悩まされることはなかった。ただ、勤務が終わって兵舎に帰るとお風呂がなかった。初めて浴びるシャワーが珍しく、「アメリカの連中は風呂に入らず、みなシャワーらしいで！」「へえ！ そうなんか」などと、同期生と軽口をたたきながらシャワーを浴びた。

このころ、グアム島からサイパンへ移動して、二六一空「虎」部隊の戦闘機と十五機対十五機くらいの模擬空戦を四、五回経験した。部隊間で勝ち負けの判定などはしなかったが、編隊飛行や肉薄して機銃を撃つ感覚などを養成した。

われわれは上空哨戒や模擬空戦などといっても周りを見渡せる余裕はまだなく、編隊を組むだけで精一杯の操縦技量だった。敵機が飛来することもほとんどなく、割合のんびりしたこの時期にグアムで操縦訓練を積むことができたのは幸いだった。ところで、編隊飛行も慣れてくると眠たくなることがたびたびあった。一番機に後で叱られるとわかっていても、どうしても眠くなってついうとうととなる。すると編隊が崩れて機体がふらつきはじめるので、「あいつ、寝てるな」と外から見てすぐにわかった。そういうときはみな大きな声で軍歌を歌ったり、航空糧食のキャラメルをなめたりして必死に睡魔と戦った。

しかし、この間にも連合軍はサイパン、グアムなどマリアナ方面に大規模な反攻を着々と準備していて、風雲急を告げていた。まさに、嵐の前の、束の間の静けさだった。

グアムの搭乗員待機所前（筆者右）

昭和十九（一九四四）年三月三十一日、グアム島から南西約千八百キロメートルのパラオ・ペリリュー島に、海軍が建設した西カロリン諸島最大の航空基地があったが、そこに敵機動部隊の艦載機が大規模な空襲にきた。

「さあ、いざ、空戦に上がろう！」と血気盛んなわれわれ甲飛十期生は決意した。すると玉井司令が、

「お前らはあっちへいけ！　お前らにはまだ空戦の技量はない。いま上がったら片っ端から墜とされるぞ！　お前らに空戦の資格なし！」といって実戦に参加させてくれなかった。これによりわれわれは命拾いすることになった。

このとき邀撃に上がった二六三空の基幹搭乗員は二十機、激しい空戦を展開して敵F6F五機を撃墜したが、わが方は武藤陳彦小隊長（大尉、戦死後少佐・海兵六十九期）以下十五機が未帰還となり、地上でも零戦は破壊されて部隊は全滅、ふたたび多くの先輩搭乗員が戦死した。

その報せを聞いた重松隊長がグアムで待機していたわれわれに対し、

「おい、貴様ら甲の十期にとってはこれからが戦争やぞ。古い人たちはみな死んだ。これからはお前たちが国を背負い、零戦に乗って戦うんだからしっかりやれ！」と訓示した。

十七歳や十八歳の少年のわれわれに、果たして国を背負うなんてことができるのか。しかし、実戦の厳しさを知り、ああ、いよいよつぎは俺たちの番が来たなとの覚悟はあった。それから来る日も来る日も猛訓練をした。そして、しだいに編隊飛行や模擬空中戦ができるようになっていった。

こうして未熟ながらも二六三空の基幹搭乗員となったわれわれ甲飛十期生は、その後も圧倒的な数で攻めてきた敵とかずかずの空戦を必死に戦った。空戦中に私の飛行機にも敵の十三ミリ機銃弾は何度となく当たったが、たまたますべて急所を外れていた。そして、二六三空に配属となった同期生四十二名のうち、私をふくめて二人しか終戦まで生き残らなかった。

「撃墜王」杉田庄一兵曹との出会い

昭和十九（一九四四）年四月末の転勤時期、グアム島に杉田庄一兵曹という古い搭乗員が、内地からダグラスＤＣ３輸送機に乗って転勤してきた。

海軍屈指の撃墜王として有名な杉田兵曹は私より二つ年上で、当時の階級は一飛曹。新潟県出身、昭和十五年に志願兵徴募で水兵として入隊し、途中で飛行兵に転科した丙種飛行予科練習生（以下、丙飛）三期のベテラン搭乗員だ。前年の昭和十八年四月、ブーゲンビル上空で山本五十六司令長官の搭乗機が撃墜されたときに護衛をつとめていた精鋭六機のうちの一人で、戦後に柳田邦男のノンフィクションの名作『零戦燃ゆ』でも紹介された人だ。

輸送機を降りた杉田兵曹はライフジャケットを肩にかけ、同期ばかりとなった搭乗員が集合した待機所の天幕に向かってとことこ歩いてきた。杉田一飛曹は玉井司令に対して、「杉田一飛曹、転勤で参りました」と片手拝みするような「宜候型《ようそろ》」の敬礼をしながら転勤報告をした。司令はわれわれ搭乗員に、
「本日着任の杉田一等飛行兵曹を紹介する」と言った。台上の彼の転勤挨拶は、
「おう、俺が杉田だ。何も言うことはい。編隊にしっかりついて来い！」という簡単なもので終わった。

ずんぐり中背で顔はやけどの跡も生々しく、手を見たら左手は包帯をして、右手は白く（青く）なっている。見るからに精悍な下士官搭乗員だ。

昭和十八年八月、敵コルセアに墜とされて負傷、治療のため内地送還となり、ようやく飛行機に乗れる体になって長崎・大村の航空隊で教員をしていたところ、命令によりグアムに転勤してきたのだった。だが、彼がどういう経歴の搭乗員であるのか司令以外はそのとき、だれも知らなかった。司令は以前ラバウルの第二〇四海軍航空隊にいたので、輝かしい個人記録を持つ杉田一飛曹のことはよく知っていたが、われわれにはいっさい彼のことを話さなかった。

同期たちは彼を見た目で判断し、「顔はやけどしとるし、なんや怖そうなやっちゃで」と、みなびくびくした。すぐに新しい編成が発表になり、私は杉田一飛曹の三番

機に指名された。元米軍の平屋の兵舎に帰ったあとは、「ああ、やれやれ、これでいつ殴られるかわからん……」と心中はおだやかではなかった。

夕方となり、兵舎の中で、

「きょう、編成替えがあった俺の愛する列機こーい！」と杉田兵曹が呼んでいる。

「え？　杉田一飛曹がさっそく俺たちを呼んどるぞ。挨拶代わりに一発ぶん殴られるかもわからん……」などと不安に思いつつも、しかたなく列機の三人で恐る恐る行ってみた。すると、長い食卓の上に晩飯が準備してあって、そこに日本酒の一升瓶がぽんと置いてある。杉田一飛曹はこう口を開いた。

「官等級氏名、名乗れ！」

私は敬礼しながら、

「甲飛十期生出身二等兵曹、笠井智一！」

杉田一飛曹は小さい声で、

「よし、そうか。お前がきょうから俺の三番機か」と言い、つづいて大きい声で、

「俺の三番機になったからには酒のどんぶりで一杯や二杯飲まんようではグラマンには勝てん！　飲めえ！」

私はそれまで酒を飲んだこともない。そもそも一升瓶はどうしたのかと尋ねると、

杉田一飛曹は事も無く、「司令のところからもらってきた」とのことだった。この先輩大丈夫かいな、えらい先輩についたもんやなあと、ほかの列機とともに途方に暮れながら椅子に座って酒を飲まされた。さらに、

「おい、お前ら、戦地というのはそんなに簡単なもんじゃないぞ。お前らみたいなやつが敵を墜とそうなんて思い上がっていたら、みな墜とされてしまうぞ！　墜とさなくてもいいから、とにかく俺についてこい！」と、注意された。

あくる日も、そのあくる日も、晩飯のときには毎晩飲まされた。酒がなくなったら、「おう、待っとけえ！」と言って自分一人でどこかへ出ていく。しばらくして、「おいっ、だれか来たぞ！」と言うと、搭乗員節を声高らかに歌いながら一升瓶をかつぎ、細い目をさらに細くして得意満面の杉田一飛曹が帰ってくる。

「ソロモン群島やガダルカナルへ今日も空襲大編隊、翼の二十粍《ミリ》雄叫びあげりゃ、墜ちるグラマン、シコルスキ〜シコルスキ、っと」

文字通り百戦錬磨の杉田兵曹は、操縦も射撃もとてもうまい人だった。グアムでは、内地でほとんどできなかった操縦訓練を杉田兵曹から存分に教わった。単機訓練では、杉田一番機がする同じ格好、つまり直角に曲がったら同じように曲がるというふうに、

真後ろについて航跡をなぞって飛ぶ追躡《ついじよう》運動を通して、空戦に使える難しい空中運動を教わった。「捻《ひね》り込み」とよばれた、斜め宙返りの頂点で操縦桿とフットバーを操作し、捻りを入れることによって宙返りの半径を極限に小さくする方法などは、言葉では絶対に教育できない操作だ。こんなことも杉田兵曹からグアムでみっちり仕込まれた。なお、追躡運動は編隊を組むための訓練にもなった。

編隊行動では列機はみな、一番機がやることをつねに見ておかなくてはならない。一番機が気流で震えるようなことがあれば、同じく震わせる、そのくらい一番機を見ておかなくてはならない。動作がまばたき一瞬遅れただけで、編隊は大きく崩れてしまうからだ。編隊では機と機の距離の取り方がなかなか難しいが、そのためのスロットルの加減の秘訣のようなこともすべて具体的に杉田兵曹に教わった。

じつは空戦のやり方や操縦技術についてこと細かく教育してくれる先輩は海軍にはあまりいなかった。職人気質のような「見て覚えろ、自分で工夫しろ」というタイプの人が多かった。しかし、杉田兵曹は違った。ラバウルで数多くの空戦を経験し、生き抜いて実績を上げた杉田兵曹ならではの空戦の勝ち方、生き残り方の要諦をきわめて具体的に示してくれた。

たとえば、「P38に出会ったら、急降下で逃げろ。敵はかならず後を追ってくる。

高度二千メートルで引き起こして垂直面の格闘戦に持ち込め。低空での格闘なら零戦が勝てる」「敵より先に相手を見つけろ。敵より上空に占位し、太陽を背にして優位な戦いに持ち込め」「前は三～四割、後ろは六～七割、そのくらい後方に注意しろ」など。

そしてもっとも重要なこととして杉田兵曹は「複数で戦う」ことを徹底して実践した。零戦が一機対一機の巴戦（ドッグファイト）を得意としていたこともあり、日本の搭乗員は単独でも敵に突っかかっていく人がいたが、そうすると敵を首尾よく墜とせたとしても、その後にこちらも別の敵機に撃墜された。連合軍はいつもかならず二機のペアで、しかも一撃離脱で攻撃してくる。杉田兵曹は、敵が複数ならこちらもペアであり、三機であり、四機でないと対等な勝負ができないと考えていた。

また、撃つときはとにかくぶつかるほどに肉薄して撃って、その後は深追いするな、ということも徹底していた。おたがいが時速五百キロ以上で飛んでいるうえに、二十ミリ機銃の弾道は真っ直ぐではなく放物線を描いて落ちていく。事実、空戦では敵機に肉薄しないと弾は絶対あたらなかった。

杉田兵曹とは一緒に何十回と空中戦を戦った。編隊で飛んでいると、私たち列機がちゃんと自分について来ているのか、危ない目にあっていないかと杉田兵曹は何度も後ろを振り向いてくれた。そして空戦が終わって基地へ帰投するたびにわれわれを呼んで具体的な修正点を示してくれた。危ない局面も何度となくあったが、彼の力で私は空戦を生き延びられた。彼の空中戦の技量は群を抜いて優れ、真に海軍を代表する功績を残した搭乗員の一人だった。

余談だが、杉田兵曹とはこんなやりとりもあった。

「いいか、俺（一番機）が撃ったら、何もかまわず、お前らも一緒にとにかく撃て！」

「なぜでありますか？」

「それで撃墜できたら、協同撃墜になる！」

そんな後輩思いの人でもあった。

初陣「あんなもんは空戦じゃない！」

昭和十九（一九四四）年四月二十五日、グアム基地に初めて「空襲警報！」と缶を叩いて知らせが走り、第一飛行場の戦闘指揮所に赤旗があがった。この日の邀撃戦が私の初陣となった。杉田兵曹の四番機だった。

スロットルを全開にして高度をとっていく。上昇しながら杉田兵曹がときどき後ろを振り返ってくれる。敵機に近づくと尾翼が二枚の重爆撃機、コンソリの四機編隊だった。コンソリを攻撃するのはもちろん、実物を見るのも初めてだったが、訓練の賜物だろうか気持ちは思いのほか落ち着いていた。戦後調べたら、このときの敵機は二ヵ月後にはじまるマリアナ諸島上陸作戦のため、ロスネグロス島から情報収集のために偵察にきていたようだった。グアム島の高度六、七千メートルを進入してきたコンソリは山の水源地付近に爆弾を投下していったが、わが方に被害はなかった。

杉田一番機が「離れるな、ついてこい」の手信号を送ってくる。私は列機とともに敵の後上方から急接近してOPLの中に敵機を入れ、右手で操縦桿を操作しながら左手でスロットルレバーについている二十ミリ機銃の発射把柄を握り、「とにかく撃てい!」とばかりにパンパーンと射撃した。しかし当たらない。敵機もわれわれに十三ミリ機銃を撃ってきた。初めて経験するすさまじい弾幕だった。

一時離脱後、ふたたび接近して、「こんどはもう少し近づいて撃ってやろう」と、引き金を引いた。一回目と同様、引き金を少し握っただけで簡単に弾がバババッと発射されたが、曳光弾はむなしく放物線を描いて下に落ちていった。相手が大きな四発の重爆撃機だったので、自機と敵機との距離の判定が全然できていなかった。ふだん空戦訓練で見ていた相手は零戦なので、OPLに敵機がはみ出るほどに入って十分近くから撃っているつもりになっていても実際には接近できていなかった。いま思えば、百メートル以上はなれた距離から撃っていたのではないだろうか。本当に弾を当てようと思うなら、五十メートル以下まで距離をつめないと二十ミリ機銃は絶対に当たらない。杉田兵曹はいつも、「三十メートル以下まで接近せい！」とわれわれを教育した。

こうして私が緊張しながら射撃した二十ミリ機銃弾は、かすりもせずに全弾むなしく敵の下方に落ちていった。敵機もこちらに向かって十三ミリ機銃をバンバン撃ってきた。機内に搭載する丸い弾倉にはそれぞれ五、六十発しか弾が込められていないので、ダダダダと撃ったらあっと言う間に弾はなくなった。

昭和19年、グアム基地で戦友吉岡資生氏（左）とともに

弾を撃ち尽くし、基地に帰投したら杉田兵曹が、

「笠井こい！」と呼んでいる。

「お前ら、今日はいままで習ったとおりにできたか！」

「はい！」

「ばかものー！　お前らみたいな攻撃

をしてたら、弾は当たらんぞ！　もっと接近しないと当たらんぞ！　あんなもんは空戦じゃない！　墜とそうと思うんやったらもっと接近して撃て！　あんな射撃するくらいなら弾がもったいないから撃つな！　あんな撃ち方しとったら弾はなんぼあっても足らんやないか！　お前らみたいな新米が敵を墜とせるわけがない。墜とそうと思うならとにかく敵にぶつかるまで接近せい！　ぶつかるまで接近してから弾を撃て！」と、激しい口調でこう叱られた。

敵の機銃は戦闘機も爆撃機も十三ミリ、海軍は二十ミリ。アメリカの機銃の薬莢の長さは日本の二倍ある。そのぶん弾の初速がとにかく早く、まっすぐ飛ぶ。日本にも十三ミリはあって陸軍の戦闘機が採用していたが、薬莢は短く弾が当たっても効果が薄いので海軍は二十ミリと七・七ミリ機銃に統一していた。杉田兵曹は「グラマンなら二十ミリを五、六発で落とせる。ただし接近して撃て」と言って、われわれを教育した。

グアムの基地では、コンソリを相手に初陣と合わせて二回邀撃に上がった。結局、弾は一発も当たることなく、私も一発も当てられることなく、着陸してから杉田兵曹に殴られるくらいのもので終わった。

ペリリュー島からサイパン攻撃

昭和十九（一九四四）年五月一日に私は一飛曹に進級し、私のいた二六三空はビアク島防衛の「渾《こん》作戦」を支援することを主目的にパラオのペリリュー島に進出した。パラオ方面では敵艦載機との激しい空中戦に私もたびたび上がったが、十五機ていどのわれわれに対して敵三十機というような、つねに数的不利な状況下で空戦をかさねて部隊はしだいに消耗していった。五月末、零戦の数がいよいよ足りなくなり、内地からの補充もないので、玉井司令が、「ニューギニア・ハルマヘラ島カウ基地まで陸攻（輸送機）に乗って零戦を取りに行け」との命令を出した。ハルマヘラは二六五空「狼部隊」の根拠地だったが、マラリアとデング熱（赤痢との説も）によって搭乗員の大半がダウンしていた。その間、零戦を遊ばせていたらもったいない、ということで飛行機をもらいにいったのだ。ハルマヘラに着くや否や、こんどは敵機動部隊が日本軍の作戦の裏をかいてサイパン方面に向かっているとの情報が入り、われわれに攻撃が命じられた。もらった十数機の零戦に乗って急ぎペリリュー島にもどることとなった。

ペリリュー島では三月三十、三十一日の大空襲以来、米軍機からの空襲を避けるために二六三空はガドブス島に避難していた。ガドブス島とペリリュー島の間には全長二百メートルほどの桟橋が架けられており、宿舎はペリリュー島の北部にあったためよくそこを歩いてガドブス島の飛行場に通った。いまでも現地には橋脚の一部が残っているそうだ。桟橋の下には南国特有のカラフルな魚が群れをなして泳いでいた。

昭和十八年十二月に連合軍参謀会議は「日本打倒総合計画」を決定していた。その計画とは、前進基地から日本本土を集中的に爆撃することによって日本を最終的に屈服させるという内容だったが、この方針に則《のっと》ってH・アーノルド米陸軍航空司令官はマリアナ諸島を基地とする日本本土爆撃プランを立案した。そのプランを実施に移すために、米軍は最初の目標としてサイパン島の攻略を決定した。

昭和十九年六月十一日、ついに連合軍はサイパン島上陸前の準備攻撃を開始した。まず米軍艦載機がサイパン・テニアン島を空襲し、十三日には戦艦八隻をふくめた艦艇からの十八万発におよぶ凄まじい艦砲射撃をサイパン島に撃ち込んできた。

六月十五日、ホランド・スミス中将指揮の海兵師団、歩兵師団の三個師団が上陸作戦を開始、これに対して斎藤義次中将指揮の第四十三師団を主力とした守備隊約二万九千名は猛然と反撃を加え、水際で敵上陸部隊に大損害をあたえた。

日本海軍は、米軍のサイパン攻略に対処するため「あ号作戦」を発動した。小沢治三郎中将率いる空母九隻、艦載機四百五十機の再建後間もない第一機動艦隊は米機動部隊をマリアナ諸島西方に発見し、艦載機による先制攻撃を敢行したが、アメリカ側は最新式レーダーを使って百マイル先のわが方の攻撃隊の位置を完全に把握し、四百機以上の戦闘機による邀撃体制を敷いていた。そして搭乗員の未熟な操縦技量も不利な要因となり、米艦艇を攻撃する前にその大半が撃墜された（六月十九日、マリアナ沖海戦）。

われわれの所属する基地航空隊（第一航空艦隊）は当初マリアナ、西カロリン、パラオ、フィリピンのダバオに合計六百五十機を展開していたが、前述のパラオ周辺やビアク方面での空戦による損耗、ニューギニア方面の搭乗員がマラリアとデング熱に罹《かか》ったことなどにより、敵のサイパン上陸に対処できたのはわずか百機あまりにとどまった。

マリアナ沖海戦の前々日（六月十七日）、「あ号作戦」の一環としてサイパンの敵上陸部隊を空から爆撃するため、海軍は基地航空隊に攻撃を命じた。午前十一時、ガドブス飛行場から二六三空の零戦が一機ずつ発進、ペリリュー島上空で編隊を組んだ後、ヤップ島経由でサイパンに向かった。私はこの日、制空隊の一員として攻撃に参加した。

編隊は二十数機、そのうち三機が艦爆で、その他はすべて零戦だったが、私のような制空隊以外は三十キロ爆弾を二発ずつ翼下に爆装（爆弾を装着すること）していた。艦爆や艦攻が再三にわたる敵空襲によって損耗してからは零戦にも爆弾を積まざるを得ない状況になっていた。戦闘機を本来の目的外で本格使用したのはこのときが初めてであり、後の特攻の先駆けになったと言われている。目標はサイパンに上陸作戦中の敵上陸用舟艇だった。

ヤップ島から三時間ほど飛行し、眼前のサイパン島がいよいよ近づいてくると、指揮官機の胴体下から増槽が落とされ、それを見た全機が一斉に増槽を投下した。通常は空《から》になっても増槽をつけたまま飛行するが、つけたままだと風圧が変化するので、どうしても飛行機の動きが鈍くなる。だから、戦闘になれば増槽を落とすのだ。

大きな編隊を組んで長距離攻撃に出た人にしかわからないと思うが、敵に襲いかかる前に編隊が一斉に増槽を落とし、その何十という数の増槽がくるくる回りながら落ちていく様を見ながらカウルフラップを全開にし、速力を上げていくといつも鳥肌が立った。私も落下索を引くとコトンと音がして増槽が落ちていった。敵機の見張りのため首を四周にめぐらす。極度に緊張して失禁した。敵がいつ襲ってくるかわからないから下を向く暇はない。最初は生暖かい感触が太ももあたりにじわりと広がったが、高度四千メートルではあっと言う間に冷えた。

サイパンにいよいよ接近すると、テニアン島との間の狭い海峡に、三日前に上陸作戦を開始した敵の上陸用舟艇がびっしりと集結しているのが眼下に見えた。ものすごい数で海が真っ黒に見えるほどだった。

敵船団の上空に辿り着いたときは、たまたま敵戦闘機はいなかったが、敵艦船からは対空砲火が猛烈に撃ち上がってきた。爆撃を敢行する飛行機を援護しながら一緒に降下し、降下後は私も舟艇に向かって無我夢中で機銃掃射を行なった。

十五分、あるいはもっと短い時間だったかもしれないが、弾を撃ち尽くして上昇のためにいったん後ろを向くと、突然、後上方からグラマンが私の零戦に軸線を合わせたまま急降下してきた。敵機は直前まで機銃を撃たなかったので、私はまったく気がついていなかった。「しまった！」と思ったが、瞬間的に操縦桿を左に一杯倒し、左足でフットバーをガタンと蹴とばして垂直旋回、敵の弾を逸《そ》らしながらなんとかその場を退避した。敵舟艇への機銃掃射にばかり気を取られて後方への注意を怠っていたら、あのとき私はグラマンに撃墜されていたかもしれない。

弾はなく逃げ回り、そして気がついたら私は一人で飛んでいた。

グアムへ帰るために、左足に着装しているチャート（地図）上のサイパンとグアムを結ぶ線を見ながら、眼下に見えるサイパンとテニアンの位置関係で帰投するための方角と距離を大まかに割り出した。しかし、本当にその方角で良いのか確証はなかったし、空戦後の燃料も心もとなかったが、「えい！ 行けるところまでいってやれ！」と腹を決めた。途中、一機の零戦と合流し、一時間半ほど飛ぶと水平線上にグアム島が見えてきた。そのときは本当にほっとした。

グアム島脱出

サイパン攻撃の後、グアム島に着陸。その後、空襲も激しくなったので、私はグアム島に残って杉田兵曹や同期生の搭乗員らとともに連日、同島上空でグラマンとの激しい邀撃戦を繰り返していた。しかし、一週間たっても補充はなく、稼働機はどんどん少なくなっていった。

六月二十五日午前八時、この日も敵の戦爆連合三十機編隊がグアム島に来襲し、飛行場に空襲警報のサイレンが鳴り響いた。二六三空戦闘指揮所には「全機発進」の赤旗が掲げられ、零戦八機がつぎつぎと離陸していった。このときのグアム島にある稼働全機だった。

飛ばせる零戦を持たなかった私をふくめた同期生四人は、急いで防空壕に転がりこんだ。直後に爆弾が滑走路につぎつぎと命中し、防空壕にも至近弾が炸裂、大音響と猛烈な爆風とともに防空壕は崩れた。私は必死になって埋もれた土砂をかき分けると、ついさっきまで語り合い、笑い合っていた同期生が絶命していた。苦楽をともにしてきた同期生の戦友を失いつづける悲しみと、なぜ自分は生き残っているのかという思いが交差し、私は彼を抱えて号泣していた。そのとき、本部の防空壕から玉井司令が出てきてわれわれの様子を見に来ていたようだった。その日の敵襲は二波にわたり、迎撃に上がった零戦は一機も帰ってこなかった。

六月二十八日夜、爆撃で穴だらけになり、動員された島民たちによって整備途中のグアム島第一飛行場滑走路に、赤緑の翼端燈を点灯した一式陸攻三機がサイパン爆撃を終えて強行着陸を敢行した。一機が着陸に失敗、残る二機は無事だった。この三機はペリリュー島を発進してサイパン夜間爆撃を敢行した第七六一海軍航空隊（竜部隊）の一式陸攻だった。サイパン島につづき、ここグアム島にもいよいよ米軍が奪還上陸しそうな急迫した状況となっていたので、私のほか生き残りの搭乗員五名はその一式陸攻に便乗してグアム島からペリリュー島に脱出した。直後に米軍がグアム島にも上陸してきて、守備隊との間で激戦となったため、その飛行機はグアム島を脱出した海軍の最後の輸送機となった。

私がグアム島を出た二、三日後、部品をあちらこちらからかき集めて飛べる状態にした零戦四機がグアムを出発してペリリュー島に向かったが、ヤップ島付近でグラマン多数と空戦となり、一番機の重松大尉（戦死後中佐に二階級特進）、二番機の毒島芳四中尉（戦死後大尉、予備学生十一期）、三番機の田中少尉の三機が撃墜され、四番機の杉田兵曹だけが追撃を振り切り、さらに勘だけを頼りに数百キロメートルの単機洋上飛行をつづけ、ペリリュー島へ着陸した。私が杉田兵曹のところへ駆け寄ると、操縦席の計器盤がぐちゃぐちゃに破壊されていた。あの状態で辿り着いたことが奇跡というか、彼の技量のなせる業としか言いようがなかった。

サイパン島の地上戦末期には、戦線の北上にともなって多くの民間人も島の北部に追い詰められた。米軍の捕虜になることを避けるため、後に「バンザイクリフ」や「スーサイドクリフ」といわれた断崖から、多いときには一日に七十人以上が海に飛び込み自決するという悲劇も起き、七月九日、サイパン島守備隊はついに玉砕した。サイパン島につづいて七月二十一日から八月十一日にグアム島で、七月二十四日から八月三日にテニアン島でも米上陸部隊との間で戦闘になり、マリアナに残った第二六三、第五一一、第七五五の各航空隊の地上要員・搭乗員二千余人は、守備隊とともに地上戦を勇猛に戦い玉砕した。

こうしてサイパン、グアム、テニアンの三島が米側に占領され、「日本打倒総合計画」のシナリオどおりに日本本土がB29爆撃機の行動半径に入った。

マリアナをふくめた各方面の戦闘による消耗は激しく、七月に入るとペリリュー島には「豹」だけでなく、「虎」「隼」「狼」の各戦闘機隊の生き残りの搭乗員が集まり、かなりの員数になっていた。その中には、わが方の一方的な損害の大きさを憂い、敵空母に体当りするので零戦に爆弾をワイヤーで括《くく》りつけてほしい、と司令に直訴する攻撃精神旺盛な同期の搭乗員もいたが、許可されなかった。さらに、ラバウル、トラック、海南島、フィリピン方面の各戦闘機隊も損失が大きいために解隊となり、それら各部隊の飛行機・搭乗員が統合され、七月十日に四個飛行隊を擁する「第二〇一海軍航空隊」という一大航空隊がフィリピンのダバオに創設され、私の部隊もダバオに渡ることになった。

ペリリュー島を離れる晩、夜空には大きなオレンジ色の月が出ていた。遠い故郷と戦死していった多くの同期生や先輩を想い、涙がとめどなく流れた。

「ブルドッグ」菅野直大尉との出会い

マリアナ方面の激戦を生き残った二六三空や他の部隊の隊員たちは、部隊再編のために一式陸攻に便乗してダバオに渡り、私は山本栄司令（海兵四十六期・大佐）、玉井浅一副長率いる第二〇一航空隊戦闘三〇六飛行隊に配属された。

新しい直属の上官となる戦闘三〇六飛行隊の分隊長は、（初代）三四三空「隼」部隊の分隊長で私より五歳年上の二十三歳、宮城県出身の海兵七十期、菅野直大尉と発表された。

「海兵七十期？　それやったらろくに空戦技術もないやろうし、ほんまに分隊長がつとまるんやろか」不安に思う同期の隊員とそんなことを陰で言い合っていたが、このとき私は、終戦直前まで菅野大尉とずっと行動をともにすることになろうとは知る由もなかった。

間もなく邀撃戦を戦ってわかったが、菅野大尉は攻撃精神が凄かった。とにかく物凄かった。「ろくに空戦技術……」どころではなかった。勇猛果敢で中肉だから、のちに菅野大尉のことを「ブル（ブルドッグ）」と隊員の間で呼んでいた。

「ブル」のあだ名どおり、「文句なしに俺についてこい！」とぐいぐい引っ張っていくので、昼間の訓練指導は厳しかった。しかし、部下であるわれわれ下士官兵を殴ったりすることは一度もなかった。そして、訓練後は自由にさせてくれたので、上陸時には階級など関係なく、みな一緒にトラックに乗ってダバオの街に繰り出していき、一杯飲んだり、官品のタバコを物々交換に使ってバナナを買ったりして束の間の休息をとった。そしてダバオに着いて早々、私は同期生の仲間とともに事件を起こしてしまった。

同期生の五人でダバオのある料理屋の廊下を歩いていたところ、向こうから来た相手がいきなり、

「おいっ、何で敬礼しないんだ！」と急に殴りかかってきた。一番偉そうな人は従兵らしき二人を連れているが、三人とも私服でどこのだれかもわからない。かたやこちらは第三種制服に階級章をつけていた。

「ん？　何言うとるこの野郎ー！」と言って、血の気が多く喧嘩の強い同期生四人と私とで、わあーっとその三人をたたきのめしてやった。すると、偉そうだった相手が、

「……貴様ら、どこの隊だ？」と聞いてきたので、

「二〇一空の戦闘三〇六だ！」と啖呵《たんか》をきってしまった。

その日の夜にはさっそく陸軍の憲兵隊が二人、基地の兵舎を訪ねてきて、われわれ関係者五人を引き渡せ！　と言ってきた。喧嘩のときに着ていた制服や部隊名から簡単に身元が割り出せたのだった。しかも、殴った相手がどうやら陸軍大尉の憲兵隊長

だったのだ。

すると、応対した菅野大尉は、

「なに？　貴様らは偉そうなことを言いやがって。うちの隊にはそんな者《もん》はおらんし、もし問題があったとしてもそれは基地で処理する。俺の部下は貴様らに指一本触れさせんぞ！」と言って着任早々われわれをかばい、追い返してくれた。

しかし、つぎの日も、そのつぎの日も憲兵はやってきて、われわれの引き渡しを要求してくる。そのやり口が菅野大尉の癇《かん》に障《さわ》った様子で、こんなつまらないことで大事な部下を軍法会議にかけられてたまるかと、そのつど菅野大尉は追い返してくれた。

だが、あまりにもしつこく来るので、菅野大尉の計らいで、われわれ一個分隊八名は七月十三日付でヤップ島に出撃することになった。憲兵もさすがに千五百キロも離れたパラオの小島までは追ってこないだろう、と。

こうしてわれわれはヤップ島に行き、本書の冒頭に書いたような激闘を連日戦うことになったのだった。ヤップ島は戦略的要衝の島だったが、当時、軍以外の日本人は商社の人が砂糖の輸出で少しいたていどで、町も何もないところだった。

戦慄の「直上方攻撃」

ヤップ島では、昭和十九年七月十六日から二十四日まで毎日、コンソリの編隊を相手に迎撃に上がった。

二十機前後のコンソリの梯団が昼前のほぼ同じ時間にヤップ島を爆撃しにきた。コンソリは大きな爆撃機だが俊足で、航続距離も長い。兵装も十三ミリ機関砲を十門装備して、どの方向にも弾を撃ってくる。梯団ともなると、各機にある銃座がわれわれのほうにむかって一斉に撃ってくる。その弾幕の威力は凄まじかった。

ところで攻撃の仕方にはいくつかあり、戦闘機の射撃の基準になっているのが、敵の死角を狙う「後上方攻撃」だ。そのほかには「前上方攻撃」「直下方攻撃」などが代表的な例としてあったが、ヤップ島では菅野分隊長が有効な対大型機戦法として「直上方攻撃」という攻撃法を取り入れた。

「後上方攻撃」や「前上方攻撃」なども試してみたが、コンソリの機銃の死角とはならず、敵の防御砲火によってこちら側が一方的に被弾、かりに機銃を撃ちこめたとしても一撃ではなかなか墜とせなかったので菅野大尉が「直上方攻撃」に変えたのだった。

「直上方攻撃」は経験した人にしかその真髄はわからない。戦後、零戦の会などで話をすると、グラマンやP38とかと空戦した人はいても、実際に大型機相手の「直上方

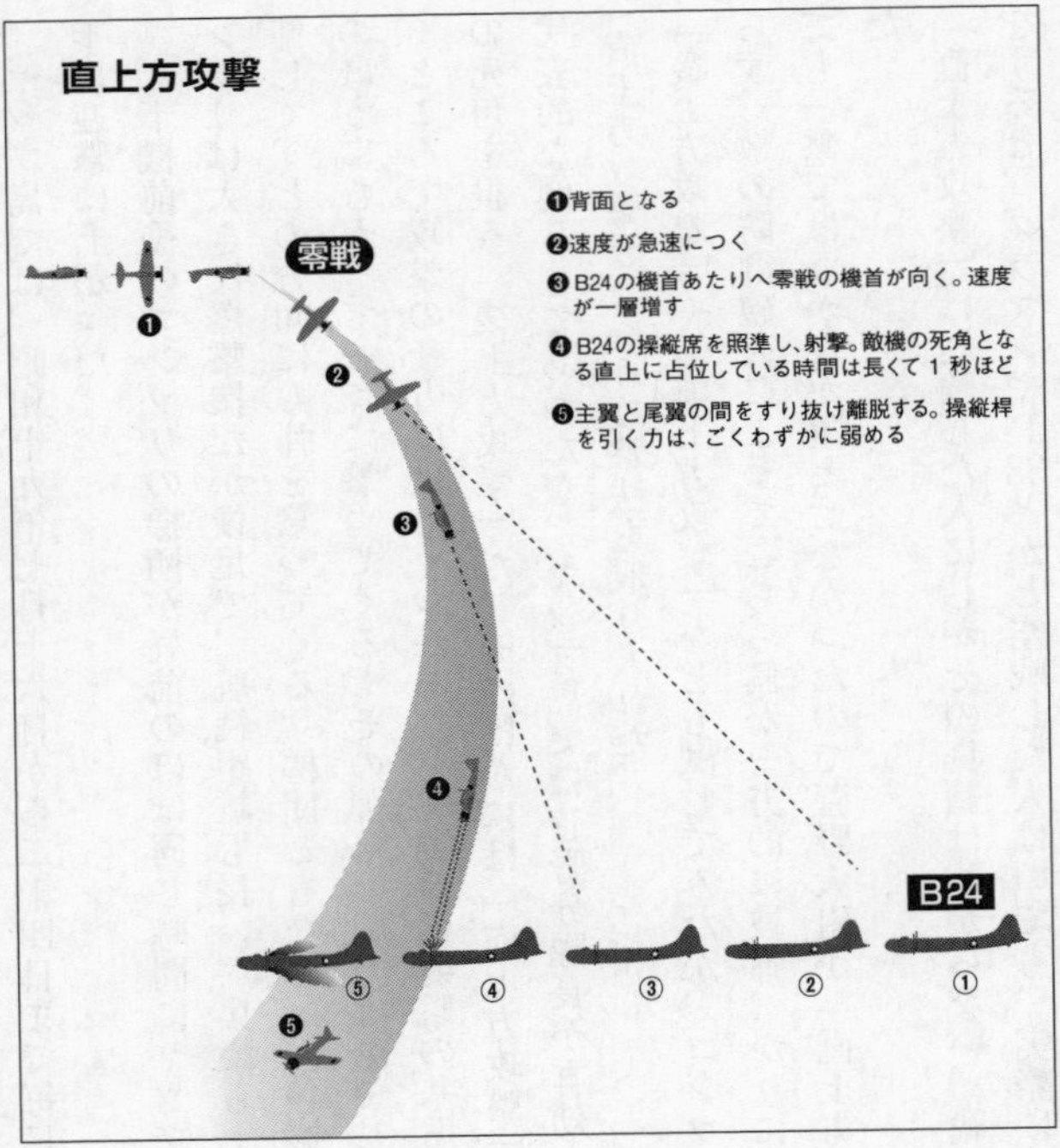
零戦
❶
❷
❸
❹
❺
❶背面となる
❷速度が急速につく
❸B24の機首あたりへ零戦の機首が向く。速度が一層増す
❹B24の操縦席を照準し、射撃。敵機の死角となる直上に占位している時間は長くて1秒ほど
❺主翼と尾翼の間をすり抜け離脱する。操縦桿を引く力は、ごくわずかに弱める
B24
⑤
④
③
②
①
直上方攻撃

攻撃」をした人は少なかった。

「飛行機というのはなかなか急降下ができない。だから一度背面になってから突っ込む。そうすると垂直に降りられるしスピードも出る。しかも、爆撃機の唯一の死角となる直上から近接攻撃できる。よって敵機から撃たれる確率が少なくなるので合理的な考えだったが、搭乗員に

は恐怖に打ち勝つ精神力と運動神経が同時に要求された。急降下時の速度は凄まじく、三百三十ノットに達すると零戦の主翼の付け根には皺が寄り、翼の先端がねじれる「フラッター現象」が起きた。操縦桿に伝わる振動の大きさから機体に大きな負荷がかかっていることが想像できた。

部隊からは、「急降下で三百三十ノット以上を絶対に出すな」と命令されていたが、ヤップ島に着任して早々、速度を出しすぎて急降下したときに、翼全体にできた皺が機体を水平にしても元にもどらず、貴重な一機をだめにしたことがあった。帰投して菅野大尉に報告するとずいぶんと怒られたが、いま思えば空中分解してもおかしくない速度だった。

われわれが直上方攻撃でつぎつぎと急降下で襲いかかり、二十ミリ機銃を撃ちこむと、コンソリは主翼を吹き飛ばして墜落していった。海に墜ちた米軍機を上空から見ると、その付近の波の色がさっと変わった。キラキラした飛行機の破片や、落下傘で脱出した搭乗員が海面に落ちて鱶《ふか》（サメ）の群れが一斉に襲いかかっていたのだ。

七月十九日、この日二度目となる邀撃戦は、哨戒中だった私（一番機）、日光安治二番機、内田栄三番機の同期生三人だけで戦った。コンソリ十一機の編隊に対し、三号爆弾投下につづき直上方攻撃を敢行、二機不確実撃墜、その他四機に機銃弾を撃ち

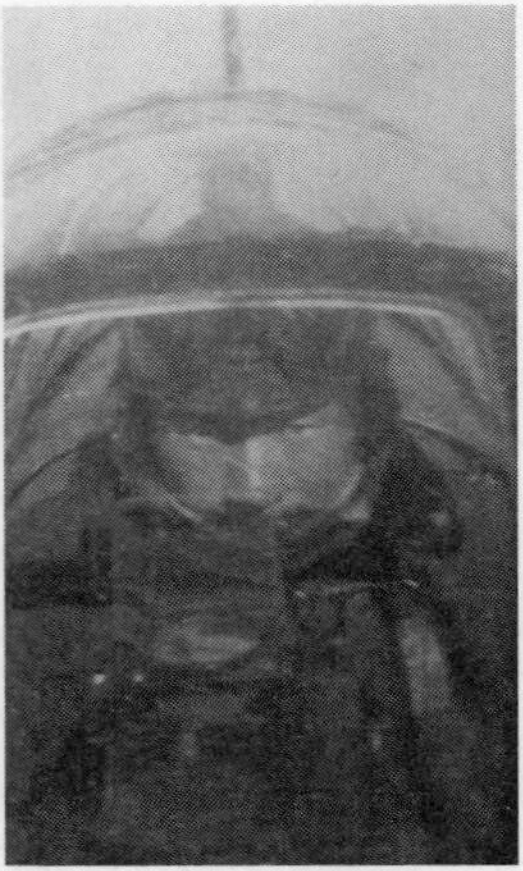
機上の内田兵曹

込んだが多勢に無勢、この空戦で樺太出身の内田栄一飛曹が戦死した。彼は優秀な搭乗員で物静かななかにも闘志を秘めた男だった。

富田兵曹、松尾兵曹が体当たりで戦死（「序章」参照）した翌二十二日には、それまで奮戦していた滋賀県大津出身の瀬津賢三上飛曹（甲飛八期）が敵の猛烈な掃射に当たってヤップ島に墜落した。私たちは帰投後すぐに墜落地点まで走って行ったが、瀬津上飛曹は操縦席ですでに息絶えていた（戦死後飛曹長）。また、この日の空戦で菅野大尉は四回目の反復攻撃のとき、弾切れしたので敵爆撃機に体当たり攻撃を敢行。自分の機の右翼を神業のようにB24の尾翼にぶつけて破壊し、みごと敵機を撃墜した。菅野隊長は右翼を半分もぎ取られた姿で奇跡的に無事生還した。

一週間つづいたヤップ島での空戦で、戦死した同期生四人のうち三人はいずれも、ダバオで憲兵隊長たちを一緒に殴った戦友だった。つい四ヵ月前にはまだ内地（松山）にいて、離着陸がようやくできるようになったていどだったわれわれも、本当に無我夢中だった。上達が早い遅いなどということではなく、やらざるを得なかった。「やったるぞ！」という精神も強かった。やらないと自分がやられる、敵を墜とさなければ自分がやられる。まさに決死の覚悟でわれわれは戦った。

ヤップ島ではわが方の損耗も大きかったが、直上方攻撃で短期間のうちに撃墜十七機（うち不確実九）、撃破四十六機の大戦果を挙げ、われわれ菅野分隊は第一航空艦隊司令長官から表彰を受けた。大戦後期、個人記録は重要視されず、公式記録はすべて協同撃墜に替わっていたので、分隊の活躍は海軍の中でたちまち有名となり、菅野分隊長が名をあげたのはこのときが最初だった。菅野大尉は敢闘精神が強くて部下思い、そしていつも指揮官先頭を貫いた、若くて頼もしい立派なリーダーだった。

菅野直分隊長（当時）

米軍は、菅野大尉の飛行機が後の三四三空本土防衛戦のときに黄色い指揮官標識をつけ、真っ先に突っ込んでくるので、「イエローファイター」と畏怖していたそうだ。そして直上方攻撃を体系的に実践したのは、ヤップ島でのわれわれが初めてだったと言われている。戦後、GHQが調査のため、戦死を知らずに宮城県の実家を訪れたことがあるほどに菅野大尉は勇猛果敢な人だった。

ヤップ島沖で不時着。必死で泳ぎ生還

分隊がヤップ島で最後に邀撃に上がった七月二十四日、敵の猛烈な防御砲火を避けきれず、私は強い衝撃を感じてエンジンを撃たれ、風防には油が真っ黒に広がって前が見えなくなった。高度四千メートル付近のところだったが、しばらくするとエンジンも焼きついて止まってしまった。風防を開けると、ヤップ島は遠くに見えていてとても帰れそうにないなと思いながらも、できるだけ島から近くなるように操縦し、海に不時着した。これが私の人生最初の不時着だった。

現在のように不時着時の訓練などすることはなかったので、たとえば落下傘の自動曳索（座席から搭乗員がはなれたら、落下傘が自動的に出てくる）での脱出なども見よう見まねだった。ちなみに落下傘降下のときは飛行機を背面にしてから脱出する。

このときは、「とにかく環礁の中に機体ごと不時着させないといかん！　そうでなければアメリカの墜落した飛行機のように鱶《ふか》にやられる」と思った。

失速すれすれの状態で必死に島に向かって滑空すると、環礁のぎりぎりのところに何とか機を胴体着水させることができた。しかし、零戦はエンジンが重いため、三分もしたら頭からつっこんで垂直になって沈んでいくと聞かされていたので、その三分間に体に装着している無線電話機のコードやら落下傘やら酸素マスクやらをすべて外し、そして海に飛び出さないといけない。実際に、落下傘やコード類に引っ張られて飛行機と一緒に道連れになり沈んだ戦友もいた。私の零戦もいよいよ頭を下に垂直となったので、「ヨッシャー」と飛び出た。

無事に出たことは出たが、さあこれからどうするか。飛んでいるときにはヤップ島が見えていたが、海に落ちてしまったら島が見えない。島のある方向はだいたいわかっていたのでとにかく服を脱いで、靴を脱いで、手袋を外して、そして鱶に襲われないようにふんどしの先に白のマフラーをくりつけて体の大きな生き物をよそおい、島の方向と思われるほうに向かって泳ぎだした。

最初のうちは元気に泳げたが、時間がたつにつれて疲れてしまい、しだいに泳げなくなった。すると、はるか彼方に島影が見えた。私はわずかに残された気力を振り絞り、もう一度泳ぎはじめた。三時間か四時間くらい泳いだと記憶している。島にだいぶ近寄った。するとこんどは離岸流によって、泳いだ倍くらいバーッとまた沖に流される。それでもとにかく最後の力を使い切って島に近寄ると、岸辺に人が手を上げて立っているのが見えた。

「ここは（当時は）日本の領土だから殺されることはない」と安心したが、やっとのことでたどり着いた海岸が高い土手になっていて、力尽きて這い上がれなかった。すると、さっきの島民が寄ってきて、一所懸命に手で私を引っ張り上げてくれたので、何とか命だけは助かった。

私は日本語でお礼を言って、その場で動けずにぐったりしていると、島民が「歩いて行け」という仕草をした。しかし、ふんどし一本で疲れきっているのですぐには歩けなかった。島民は普段から裸足なので歩けるが、私は少し歩こうとしてみても裸足は馴れていないから足が痛くて仕方がなかった。

すると、島民はどこから調達したのか一輪車を持ってきて、「これに乗れ」という仕草をする。これはありがたいと乗せてもらい、一輪車の中でぐったりしていると、途こんどは途中でやたらと喉がかわいてきた。そのことを身振りで島民に伝えると、途中に彼の家があってビンを持って出てきた。中に入っている水を「これ、飲め」という仕草をする。ああ、ありがたいと思ってごくりと飲んでみたら、アルコールだった。島民がつくったヤシ酒だった。おいしかったがお酒だからあんまり飲んではいけないと思い、飲みすぎないように気をつけた。島民はそのまま陸軍の駐屯地まで私を連れて行ってくれた。

入口の衛兵に「海に不時着し、この島民が私を助け上げてくれ、ここまで運んでくれた。お礼に握り飯でもやってくれないか」と言うと、かろうじてふんどし一丁の、憔悴した私の格好を見て何を勘違いしたのか、その島民に向かって日本語で「おいお前、本当はこの搭乗員を捕虜にするつもりだったんじゃないのか！」と見当違いなことを言いだした。私は「いや、そんなんじゃないんだ」と横から急いで訂正しても、その衛兵は疑心暗鬼の表情で島民に何も渡さず、歩兵銃を手にして島民をそのまま追い払ってしまった。

レガスピー空戦。一番機の壮烈な最期

海に不時着して生還した翌日の七月二十五日。われわれ菅野分隊の隊員は在留邦人救助のための輸送船を護衛する百四十トンの木造特設駆潜艇に便乗して、ふたたびダバオにもどることになった。前日の二十四日は爆撃機だけではなく、戦爆連合延べ百二十機がヤップ島を襲撃し、わが分隊は空戦と爆撃によって稼働零戦四機をすべて失っていた。同島の戦局が非常に危なくなったため、在留邦人を輸送船に乗せて急遽フ

イリピンへ脱出することになったのだ。

航海の途中、米機動部隊が付近にいるという情報により航路を北方にかえて大回りとなり、三日ほどで着く予定が二週間もかかってしまうことになったので、搭乗員たちも交代で双眼鏡を持ちデッキの見張りについた。海面にはトビウオがたくさん飛んでおり、ときおり船の上に落ちてくることがあった。これはみなの貴重な食料となり、生で食べても焼いてもおいしかった。

そして、いよいよダバオに到着するというころ、艇長（特務中尉）が、「よっしゃ、きょうはここまで無事に来ることができたお祝いに、搭乗員にご馳走をつくったる!」と言って、ワイヤーで鱶《ふか》を釣りあげた。艇の上でご飯を炊き、鱶を焼いて鱶飯をつくってくれたが、この送別のご馳走はとてもおいしかった。

無事にフィリピンにもどって一ヵ月ほどたったころ、「ダバオ誤報事件」が起きた。ダバオ付近に敵が上陸してきたという海軍見張所の誤報にともなう退避措置のため、各飛行隊がフィリピン中部にあるセブ島に集結させられ、われわれの隊も急遽セブに移動したが、実際には何かの見間違いで敵は上陸してこなかった。

移動先のセブ島には横須賀航空隊から大尉の指導官がやってきて、「反跳《はんちょう》爆撃」という零戦による特殊な対艦爆撃方法を菅野大尉や杉田兵曹らとともに訓練することになった。攻撃機が消耗していたので、戦闘機がそれを補うための苦肉の策だったが、同時に捨て身の戦法でもあった。爆装した零戦が海面五メートル辺りのすれすれを飛行し、敵艦の手前二百～三百メートルで爆弾を落とす。すると、川面に投げた石がぴょんぴょん跳ぶのと同じ理屈で爆弾も海面を跳ねる。そして敵艦の舷側に爆弾を飛び込ませるという雷撃に近い理屈だった。米軍が考案した「スキップボミング」という名前の攻撃方法で、これにより日本の輸送船などが実際に大きな被害を受けていた。

われわれはさっそく近くのセブ湾で訓練をはじめた。菅野大尉の指揮で、高度三千メートルより単縦陣となり、一機ずつ順番に海面まで一気に急降下し、漁船を仮の目標艦として爆弾の投下索を引く訓練をした。戦場では爆弾投下後に目標艦の上を通過すれば、爆風により自分も被害にあうので機を横すべりをさせて退避するが、海面近くで操作する手順が多く危険をともなった。零戦が海面に突っ込んで搭乗員が殉職するという事故がたてつづけに起きたのを契機に、あまりにも危険すぎるとして訓練は中止になった。

九月八日から九日にかけて、戦闘三〇六飛行隊はセブから近くのレガスピー飛行場に転進することになった。レガスピーは周囲八キロばかりの平坦地の中央に、千五百メートルの滑走路が一本ある飛行場で、近くには搭乗員の間で「レガスピー富士」と呼ばれたマヨン山（火山）があった。

マヨン山を後ろに見た椰子林の先にニッパハウスの兵舎がつづいていて、その兵舎では「コックリさん」という占いが、広島県出身の先任下士官、門田《もんだ》岸男上飛曹（乙飛十期）以下、搭乗員のあいだではやっていた。

敵の物量に押されて負け戦を重ね、玉井副長も「もうこうなったら体当たり攻撃をしてでも戦局挽回の突破口を開くほか手がない」としきりに口にするようになったころ、自分たちのこの先の運命を知りたいという思いがめばえ、箸を三本立てて交差させ、呪文を唱えて三人が箸の上部に指をかけてコックリさんの「予言」を聞くようになった。俺はいつ死ぬのか、つぎの敵襲はいつ来るか、つぎはだれが死ぬのかなど、占う内容はいつも決まって後ろ向きだった。レガスピーでは占いの内容によって、「お前は今日は訓練で事故を起こしそうだから乗らないほうがいい」と言われ、実際に搭乗割が変更になることもあった。

しかし、菅野大尉が戌《いぬ》年だとだれかが気づいたとたん、犬を怖がると言い伝えられるコックリさんが降りてこなくなったので、占いはできなくなった。当時はみな真剣だったが、いま思えば何ともいい加減なものだ。

九月十二日、セブ基地は戦爆連合延べ百六十機（グラマン八十機、SB2C艦爆八十機）の攻撃を受け、地上で零戦六十機を破壊される大打撃を受けた。敵襲の間隙をぬって零戦十数機が逐次発進して邀撃したが、劣位からの空戦を行なわざるをえず、セブ基地に帰還したのはわずかに零戦一機のみだった。

間一髪で戦闘三〇六飛行隊は全滅をまぬがれたが、レガスピーにもグラマンは十数機来襲してきた。「即時待機別法」（待機方法には「待機」「即時待機」「即時待機別法」があり、エンジンを回し座席に乗ったまま待機するもっとも臨戦態勢なのが「即時待機別法」）で待機していた私の区隊四機に邀撃命令が出たのでただちに離陸滑走をはじめたが、グラマンはすでに基地上空に達しており、われわれ四機に急角度で襲いかかってきた。

離陸時というのはスピードも高度もない一番危ない時間帯で、このときに狙われたらとにかくその場から退避することを考えなくてはならない。反撃するのは態勢を立て直した後だ。一番機はラバウル帰りのベテラン搭乗員、門田先任下士官だった。彼は離陸後、敵の攻撃をいったん避けるためにヤシの木すれすれの低空をダーンと真っ直ぐ飛び加速して行った。二番機は離陸直後、私のすぐ横で敵機の掃射を受けて撃墜された。

私は三番機で、後上方を気にしながら一番機が飛んで行った方向にフルスロットルでとにかくついていったが、一番機の速度が速すぎてすでに視界から消えていた。おそらく海岸線まで出て行ったのかな、と思って加速していると、前方から一番機が引き返してくるのが見えた。私もあわてて操縦桿を横に倒し、一番機について二機の編隊を組んだ。レガスピー飛行場までもどってくると、複数のグラマンがまだ地上攻撃をしていた。

門田先任下士官はじつに勇ましい男だった。グラマン数機に単独襲いかかり、基地の要員たちが見上げる中でたちまち敵機二機を撃墜したが、超低空での空戦奮闘のすえ、壮烈な自爆死をとげたそうだ（戦死後飛曹長）。

私はこのとき、近くにあったマヨン山という活火山の方向に退避した。はっきり言えば山の向こう側に逃げた。複数のグラマン相手にただむざむざと撃墜されてしまうのはもったいない、勝ち目がない、と咄嗟《とっさ》に判断したのだった。戦闘機乗りは何回でも空戦に上がり、そして一機でも多くの敵を墜とすことが使命だと思ったからだ。

四番機の今井進飛長（丙飛十五期）は近くの飛行場に不時着していて無事だった。のちに進級した今井二飛曹（戦死後上飛曹）とは翌年、三四三空戦闘三〇一で再会することになった。

私はこの空戦で、数機ていどの零戦ではもはやグラマンの編隊には太刀打ちできないことを身をもって痛感した。

「敵艦体当たり戦法もできるらしい」

十二日のセブ島敵襲による二〇一空の損害は甚大で、戦闘三〇六隊長の森井宏大尉（戦死後少佐・海兵六十九期）が邀撃戦で戦死したため、菅野大尉が新たな戦闘三〇六隊長となった。

零戦が空戦でも地上でも撃破されて数がまったく足りなくなり、九月下旬のある日、菅野隊長から、

「俺は飛行機の補充のために空輪隊として内地に帰ることになった。笠井、お前も一緒に俺と帰れ」と言われ、間もなく数人の仲間と一緒に輸送機で群馬県太田市にある中島航空機の工場に出張することになった。

南方の基地にしばらくいて、軍人や裸足で腰蓑《こしみの》の島民ばかり見ていたから、ひさしぶりの内地で一般の日本人に会うだけで懐かしく、うれしかった。

工場に到着すると、真新しい零戦がずらりと並んでいるのに一同びっくりした。

「戦地では機体は全然足りないのに、なぜここにはこんなにたくさん零戦があるのか」と不思議だった。

よく見ると、その飛行機の下で工員たちが毛布やむしろを敷いて横になっていた。それを見た菅野大尉がわれわれに対して、

「おい、お前らそこらの松の木の棒きれを拾ってこい！」と命令した。隊長に棒きれを渡し、どうするのか、と不思議に思っていると、仁王立ちとなり、

「寝ている工員たちに喝を入れる！」と言い出した。節のついた棒きれを手に握りしめて菅野大尉は、

「おいっ貴様ら、こんなところで何しとるんじゃ！　戦地ではどんな戦争やっているのか知っているのかっ！　こんなところでサボリやがって。どいつもこいつも、根性を叩き直してやる！」と言ったかと思うと、大尉は近くの工員たちを片っ端から棒で叩きはじめた。すると、工員があわてて、

「ちょっと待ってくれ！　残念ながら仕事をしたくても仕事がない。エンジンが納入されないから最後の組み立てができない」と言うので、菅野大尉は、

「そうか、でも寝とるんやったら、そこらの掃除でもせい！」とさらに棒でなぐりかかっていった。その様子を見ながら私は、「ああ、恐ろしい隊長が俺のところにきたぞう……」と内心、肝を冷やした。

工員が言うとおり、エンジンが工場に入ってきたら飛行機の組み立てを完成させた。

まず中島航空のテストパイロットが地上で試運転して、これならば、というものをわれわれのところへ持って来たが、あっちが悪い、こっちが悪い、エンジンの調子が悪いと大小の不具合が見つかってなかなか完成機ができなかった。

不具合の箇所を調整し、飛行場へ行って高度三千メートルで隊員が試験飛行を終えると、菅野隊長が、「きょうは（完成機が）できたか？」と聞いてきた。「はい、きょうは一機できました」というようなペースでなかなか数がそろわず、夕方になると宿舎にしていた中島航空機の産業報國会館別館に帰るという日々が過ぎていった。

じきに酒もタバコもなくなり、菅野隊長が、

「笠井、お前はドンガラ（体）が大きいから、横須賀まで行ってくれ」と言ってきた。

「隊長、なんでですか？」

「酒保物品のタバコや酒とかをもらいに行ってくれ。わしが証明書を書くから、それ（証明書）を持って行ってくれ」

隊長に言われたとおり、私とほか三人でさっそく横須賀の軍需部を訪ね、証明書を出したら物品をその場で山ほど渡されて驚いた。なかにはサントリーの角瓶、タバコや羊羹《ようかん》などがたくさん入っていた。その時分には一般的に角瓶なんておいそれとは飲めやしなかった時代だった。羊羹というのは戦地で食べられるように考案された虎屋

の丸羊羹だ。つまんで押したらゴムがプルンと割れて簡単に食べられるようになっていた。

宿舎に帰って物品を菅野大尉にとどけると上機嫌になり、「お前らも好きなだけ飲め！」と言って宿舎の寮母さんがつくってくれた手料理で初めてのウイスキーを口にした。

戦うにも戦う飛行機がない、満足な飛行機がなかなかできない、そんなどうしようもない状況への苛立ちを紛らわせるように、寮母さんも交えて一晩で一本空けてしまう。「しかし、ウイスキーとはこんなにおいしいものなのか」と思った。

いい気分になってくると、菅野大尉は、「外出するぞ！」と言ってわれわれを料理屋に連れだし、しばらくすると、「お前たちはこのままでいい」と言って一人宿舎へ帰っていった。二十日間くらいそんな生活をつづけていたら、ようやく完成機がそろってきた。

ある晩、夕食で一杯飲んでいたら菅野大尉が私のところに寄ってきて、「お前らなあ、日本はいま、非常に危険な状態になっとる。だから、俺らがよっぽど頑張らないといかん。フィリピンでは、零戦に二十五番（二百五十キロ爆弾）を吊って敵艦に体当たりする戦法もこれからできるらしい。もしもお前らと一緒にフィリピンにもどって、俺がその命令を受けたら、おい笠井、お前も連れていくからな。それでもいいか」と言う。

私は、日本が戦争に負けるなどとは思ってもいなかったので、隊長の言う「非常に危険な状態」という真意がわからなかった。また、空戦では勇猛果敢に何度でも攻撃して敵機を一機でも多く墜《お》とす、という戦闘機乗りとしての使命を考えると体当たりには抵抗感はあったが、どうせいつかは死ぬのだとそれほど切実には受け止めなかった。はたして零戦に重たい二十五番なんか抱いてまともに飛べるのだろうか、という不安はあったが、ほかでもない菅野隊長と一緒ならかまわない。

「ああ、もちろんです！　隊長、一緒に行きますよ！」と、私はその場で迷わず答えた。

到着した基地から前日、初の特攻出撃

大本営は敵のフィリピン侵攻ありと判断し、敵上陸部隊撃滅を主目的として昭和十九年十月十八日に「捷《しょう》一号」作戦を発動した。「捷一号作戦警戒、すみやかにブルネー湾に進出せよ」の命令に接した栗田健男中将の第二艦隊（第一遊撃部隊）はインドネシア・スマトラ島東岸沖のリンガ泊地を夜陰に乗じてひそかに出港、「大和」「武

蔵」をふくむ戦艦七隻を基幹とした艦隊は北上し、ブルネー湾に向かった。翌日、空母四隻、戦艦二隻を主力とした小沢治三郎中将の第三艦隊（小沢機動部隊）が瀬戸内海を出撃した。

一方、連合軍は旧式戦艦六隻をはじめとする戦闘艦百六十隻、輸送艦など約七百五十隻、六万の陸上兵力を擁する大戦略統合軍をレイテに進め、二十日には二時間にわたる激しい艦砲射撃ののち、米第三、第七水陸両用部隊がレイテ湾を強襲した。

二十三日、栗田部隊はパラワン水道で敵潜水艦の攻撃にあい、重巡「愛宕」「摩耶」を沈められ、重巡「高雄」中破。翌二十四日のシブヤン海海戦で米艦載機に五波にわたる攻撃を受け戦艦「武蔵」沈没、重巡「妙高」中破。しかし、ハルゼー提督の機動部隊が囮《おとり》となった小沢機動部隊を目指して思惑どおり北方につり上げられ、西からフィリピンに接近した西村祥治中将の第二戦隊が敵上陸部隊を直接支援中のキンケイド第七艦隊を西方にひきつけた結果（スリガオ海峡海戦）、栗田部隊は大きく傷つきながらも同二十五日には目的地であったレイテ湾を目前にする地点まで達した。

一航艦司令部は航空支援のない水上部隊を援護するため、敵空母の甲板に穴をあけて一時的に艦載機を発着艦不能にすべく、二〇一空司令に神風特別攻撃隊の出撃を命じた。

そのような急迫した状況のなか、十月二十二日に真新しい零戦十六機で編隊を組み、群馬県太田から鈴鹿、沖縄・小禄《おろく》（現在の那覇空港）、台湾北西部の新竹《しんちく》経由でフィリピンへ帰ることになった。沖縄に着いたら台風が来たため、しばらくそこで待機することになった。十月二十六日、台風が過ぎたので小禄を出発し台湾に着陸すると、鳳鳴中学の先輩で半年先に予科練に入隊していた甲飛九期の小畠弘上飛曹と偶然再会した。小畠上飛曹は新竹で予備学生の教員をしていた。土浦以来の再会だったが、おたがいすぐにわかった。その夜は外泊してゆっくり会おう！と約束したが、フィリピン方面の戦局の急変により、私はその日中に急遽フィリピンに向けて出撃することがきまった（小畠上飛曹とその後お会いする機会はなく、昭和二十年五月十一日、第九銀河隊の隊員として陸上爆撃機「銀河」に乗り沖縄特攻で戦死〈戦死後少尉に二階級特進〉されたこと、家内の従兄にあたる人であることを戦後に知った）。

台湾からフィリピンの飛行は五時間乗りっぱなしだからもう暑いし、落下傘を座布団代わりに敷いていても尻は痛いし、汗はだらだらと流れる。「隊長、早く着陸してくれ、お尻が痛うてたまらん」と私は編隊の三番機で飛びながらぶつぶつ独り言を言っていた。ようやくアラヤット山上空に到着、一番機の手信号の合図で左右にさっと編隊を解散し、大小七つの飛行場から成る「クラーク・フィールド基地群」のなかで一番有名な「マバラカット西飛行場」に着陸した。……着陸したはずだった。

十六機の零戦は列線をとり、内地からマバラカットに帰任したむねを天幕の戦闘指揮所に報告しに行った。すると、中佐の司令が出てきて一言の労《ねぎら》いの言葉もなく、怒りの表情も露わに、

「貴様らはなにしにきたんじゃ！　ここは貴様らの来る基地とちがう。ここはバンバン飛行場だ。内地から戦地に来るのに、自分がどの基地に行ったらいいのかわからんとはどういうこっちゃ！　たるんどる！　そんなことで戦に勝てると思っているのか！　マバラカットは向こうじゃ！」と、南方を指差しながら司令は菅野大尉を頭ごなしに怒鳴った。

われわれは司令に敬礼し、さっと走って飛行機に戻った。菅野大尉が「こんちくしょう！」と思ったようで、列機の零戦十六機を全機、指揮所のほうに後ろを向けさせ、全開でギャーンとエンジンを試運転させた。凄まじい爆風で天幕は吹き飛ばされ、基地が大騒ぎになっているなか、菅野大尉が涼しい顔で「さあ、行こう」と合図し、順次離陸した。

バンバン飛行場から十分ほどで小さな草原に吹き流しだけのマバラカット（西）に

全機到着し、第二〇一航空隊本部に無事帰任の報告をしたあと、菅野大尉は集合したわれわれに、「どうだ、気持ちよかったやろ！」と笑いながら言った。私も戦場にいることも忘れて一緒に笑った。隊長は豪快な人だった。

そんな出来事があったあと、新品の零戦を駐機させ、ヤシの木の枝で偽装を施していると、基地全体の気配がどうもいつもと違う感じがした。

「何かあったのか」と近くの整備員に聞くと、前日の二十五日に関行男大尉率いる神《しん》風《ぷう》特別攻撃隊「敷島隊」の五人がこの基地から出撃し、大戦果をあげていたことを聞いた。

さらに詳しく聞いてみると、敷島隊には中野磐雄一飛曹と谷暢夫一飛曹の二人がふくまれていた。甲飛十期の彼らを私はよく知っていた。谷一飛曹とは入隊以来、土浦、千歳、松山も一緒だった。菅野大尉から内地で聞いた「体当たり戦法」が、ついに現実となったのだ。

夕方、兵舎に帰ると、「内地より空輸してきた者、集合！」と集められた。玉井副長は、「今日来た搭乗員のうち、いまから名前を呼ぶ五人は明日特攻機の直掩でニコルス基地へ行ってもらう」と言った。菅野大尉を指揮官として私の名前も入っていた。

菅野大尉は、

「われわれはいままで内地に行って、少し休養をしてきた。そのぶんこれから一層張り切って戦わなければならない。俺の隊からは体当たり機は出さないかわりに、特攻直掩の出撃には落下傘を使用しない」と言った。

私は、「今日着いたばかりなのに、もう明日出撃か」と思わないでもなかったが、もちろん、そんなことは言えるわけがない。その日は夕食後に一杯飲んで、ニッパハウスの簡素な兵舎で眠りについた。

敷島隊の攻撃を受け黒煙を吹き上げるセント・ロー

戦後知ることになるのだが、公式記録上は初の神風特別攻撃隊となった「敷島隊」指揮官は当初、関行男大尉（特攻による二階級特進で中佐）ではなく、同じ海兵七十期の菅野大尉が構想の中心だった。しかし、菅野大尉はわれわれと一緒に零戦受領のために内地へ出張中だったので、代わりに関大尉が選出されたともいわれている。もし内地への出張がなければ、もし沖縄で台風に足止めされなければ、菅野大尉が特攻の指揮官となっていた可能性が高く、私も一緒に特攻に出撃していたかもしれない。この日、基地航空隊から「敷島隊」など四隊合計十八機が特攻出撃し、空母「セント・ロー」撃沈、空母三隻大破、同三隻損害という戦果をあげた。

レイテ湾には七百五十隻を超える敵の大上陸部隊が集結し、米陸軍南西太平洋連合軍総司令官D・マッカーサー大将（当時）は二年半ぶりとなるフィリピン上陸をはたしていた。小沢機動部隊は北方で陽動作戦を行ない、ハルゼー提督の機動部隊（第三十八任務部隊）がこれを追いかけて艦載機による猛烈な波状攻撃を展開、空母「瑞鶴」「瑞鳳」「千歳」「千代田」四隻と軽巡「多摩」、駆逐艦「初月」「秋月」を沈められながら囮《おとり》の役目をはたし、作戦成功を栗田艦隊に打電した（しかし、無電はとどかず）。そしてレイテ近海にいた敵護衛空母は基地航空隊による特攻と積極果敢な挺身攻撃によりその作戦能力を損耗させていたが、これらの好機をいかすことなく栗田部隊は反転北上し、戦艦「大和」の四十六センチ主砲九門はレイテに集結した敵上陸部隊に対して咆哮《ほうこう》することはなかった。

帝国海軍は残存する主力艦をことごとくこの一連の作戦で失ったが、フィリピンの基地航空隊による特攻はその後、昭和二十年一月までつづけられた。

レイテ特攻直掩「しっかり頼む」と征《い》った友

フィリピンへ到着した翌日（十月二十七日）、菅野隊長以下五人は特攻直掩命令を受けてトラックで飛行場まで行き、マバラカットを出発した。私は以前に落下傘なしで零戦を操縦した経験が一度だけあったが、座布団代わりの落下傘を敷いてないためすぐに尻が痛くなり、着座位置も低くなって不自由したので、この日の出撃も普段どおり落下傘を着用した（菅野大尉や他の隊員がこの日、特攻の直掩だからといって落下傘を着用していなかったかどうかは定かではない）。編隊を組んでマニラ湾を見ながらルソン島第一ニコルス飛行場上空に十五時ごろ到着し、見下ろすと特攻機が四機並べてあった。

空襲を避けるためなのか、あるいは本当になかったのか、その他の飛行機は見当たらなかった。特攻機に注目すると、ダイムラーベンツの液冷エンジン技術を導入した「彗星」という高速の艦爆だった。応召の整備員ではまともな整備ができるようなエンジンではない、高性能でスマートな二人乗りの艦爆だ。特攻のときも操縦員と偵察員が乗った。

われわれ直掩隊の零戦は着陸後、列線をとった。飛行機を降りて高床式の指揮所まで行くと、一足先に菅野大尉が士官搭乗員と何やら言葉を交わしていた。そして、報告と命令受領のために指揮所の階段を上っていくと、そこにはごつい肩章をつけた士官がたくさん座っていた。隣にいた直掩の搭乗員に聞いたら、「あれ、参謀らしいで」と。戦後調べると、その場に大西瀧治郎長官や門司親徳副官らもおられたようだった。しかし、こんなところにいったいなんの用事があるのか、と私は思った。

しばらくすると、特攻隊員が階段を上がってきた。菅野大尉が下で話していた相手は、特攻隊の指揮官・山田恭司大尉（海兵六十九期）だった。そして、山田隊長の後ろの搭乗員を見ると、「あっ、あいつ、同期やないか！」とはっとした。長野県出身の甲飛十期、野々山尚一飛曹だった。

「野々山、おい！」

「おう笠井！　お前何や」

「お前何やねんって、俺は直掩隊や」

「そうか」

「貴様は？」

艦上爆撃機「彗星」

「俺は特攻だよ。じゃあ、しっかり頼むで！」

「よっしゃー！」

それだけの言葉を交わし、われわれは整列した。野々山一飛曹は予科練時代に私と同じ三十八分隊で苦労した仲だった。だからおたがいよく知っていた。

大西長官によって彼らは山田恭司大尉指揮の「第二神風特別攻撃隊忠勇隊」と命名された。艦爆が特攻するのはこのときが初めてだったので、海軍としても戦果を大いに期待していた。出撃前は特攻だからといって何も特別なことはなかった。ふだんの出撃と様子は全然かわらない。特攻の八人が前列、われわれ直掩は後列に整列した。

命令は、「ラモン湾東方何度何分の洋上に敵機動部隊が遊弋《ゆうよく》しているから、索敵特攻せよ。そこで会敵できなかった場合はレイテ湾に向かって敵艦に体当たり攻撃せよ。第一目標空母、第二目標戦艦。成功を祈る。かかれ！」だった。

十五時三十分、われわれ直掩の五機が先に離陸し、上空に敵機がいないのを確認して、車輪が溝にはまって飛べなかった一機をのぞく特攻の三機が五十番（五百キロ爆弾）を抱いて離陸した。戦後知ることになったが、そのとき飛べなかった一機が野々山一飛曹操縦の「彗星」だった。野々山一飛曹はその二日後に再出撃し、マニラ沖の敵機動部隊に突入した。

特攻の三機を護衛しながら、われわれは命令どおり目的の第一地点に向かった。私はこの日、菅野大尉の三番機だった。特攻機との高度差千メートル上空の、やや前方を飛行する直掩隊形で高度四千〜五千メートルを飛びラモン湾に向かった。見張りを厳重にしながら敵の防空戦闘機が来ないことを祈った。

第一地点に到着して、特攻一番機の山田隊長が様子を探るために周囲をぐるーと緩旋回で索敵をはじめたが、敵艦はいない。直掩隊は各自チャートは持っているが、どこを飛んでいるのか正確には把握できないので、偵察員が乗る特攻隊が行くほうにとにかくついていった。

しばらくすると、特攻の三機が〝だーっ〟と針路を変えて南下していった。「敵艦がいなかったらレイテ湾に行け！」との命令だったので、「あ、これはレイテに向かっているな」とすぐ理解できた。

高度六千メートル付近をさらに約四十分ほど飛行した。南下するにしたがって雲量が増え、レイテ湾らしき所に着くと辺りは層雲にすっぽりと覆われ下方の様子が見えなかった。上空を警戒しながらしばらく雲上飛行をしていたが、特攻の一番機が小さな雲の切れ目を見つけてその中へ〝ばーん〟と突っ込んで行くのを見た。特攻機は五百キロ爆弾を抱いている「彗星」だから降下スピードが速い。「これはまずい」とわれわれ直掩隊は遅れないようにフルスロットルをかけて彼らについていった。みるみる高度は下がる。酸素マスクを外し、過給器などの装置を高々度から切り換えた。層雲の下に抜けると辺りは暗かったが、レイテ湾が敵上陸部隊や水上部隊の艦船で埋めつくされているのが見えた。間もなく敵艦の砲が一斉にピカピカと閃光を発して火を吐き、われわれはすさまじい弾幕につつまれた。敵の対空砲弾が編隊の近くでつぎつぎに炸裂し、凄まじい炸裂音とともに振動が伝わってくる。高度が下がってくると、機関砲の曳光弾も飛んできたが、その中を躊躇なく特攻の三機もわれわれ直掩も真っすぐに急降下していった。

私は特攻機が敵機に撃墜されないよう、彼らの楯となり上に被《かぶ》さるように一緒に飛びながら特攻の一番機を追った。山田隊長の一番機は大型の敵艦に真っすぐ狙いを定めて突っ込んでいき、「体当たり！」と思った瞬間、戦艦の向こう側に突き抜け、〝どーん〟と上昇していった。「あれ？　どないしたんや？　特攻やめたんかな」と思ってついていったら、高度二千メートル付近で急反転し、ふたたびその戦艦に狙いをさだめて急降下を敢行、激しい対空砲火をかいくぐり、一番機は敵艦にみるみる近づいていき、私の目の前でみごとな体当たり！

「やったぁ！」と思った。

隊長の義憤

敵戦艦は大音響とともに大爆発を起こした。最初は進入角度が浅かったので突入をやりなおしたのだ。死を目の前にして冷静沈着なこの行為こそ軍人精神の権化だと思った。一番機の操縦は群馬県出身の乙飛六期、茂木利夫飛曹長という、ものすごく優秀な歴戦の艦爆操縦員だった（特攻二階級特進で中尉）。同乗の偵察は無論、山田恭司隊長（特攻二階級特進で中佐）だ。横を見たら、福井県出身の丙飛十五期、玉森武次二飛曹（戦死特別進級で少尉）操縦の二番機、北海道出身の丙飛十期、岩下榮太郎二飛曹（戦死特別進級で少尉）操縦の三番機もそれぞれ体当たりして敵艦三隻が大火災を起こし煙をはき、薄暗い付近の海域がぱっと明るくなるほどだった。

「やったやった！　あとから俺も征《い》くからな、心配すんなよ！　俺も征くから、うん」

……戦死した戦友の顔はみんな知っていたが、かわいそうだなどという感覚はなかった。直掩機として特攻を援護し、その戦果を見届け、ほっとする気持ちと同時に思うことはただ一つ、「つぎは俺の番や」と。不思議と死に対する恐怖心とかはまったくなかった。これは予科練教育だけではなく、当時の日本全体の教育によるものであ

った と思う。

特攻機が突入後、狂ったように対空砲火がわれわれ直掩機のほうに飛んできた。赤や白の弾が〝ばんばん〟。当たらないのが不思議なくらい。映画などで見る、まさにあれだった。

しかも、米艦船が撃ってきた対空砲火は「ＶＴ信管」という新開発された信管を備えた弾丸で、金属を近くに感知すると爆発して散弾が飛散する仕掛けとなっていたので、まるで弾が自分の機をめがけて追いかけてくるような感覚だった。

菅野隊長以下われわれ直掩隊は敵の弾にやられないようにひたすら退避、戦域から必死に離脱した。特攻機の戦果を司令部に報告するため、われわれもここでやられるわけにはいかない。狙いをつけられるから五秒以上真っすぐは飛ばない。真っすぐ飛んでいるようにみせても実際には横すべりさせている。明日になるか明後日になるかわからないが、つぎに体当たりするのは俺の番やから、いまここでむざむざ墜とされるわけにはいかない。

私は無我夢中で敵艦の直上を飛び越え、一番機を必死で追いながら対空砲火を避けるために海面すれすれを飛んだ。少しでも操作を誤れば、海に突っ込んで死んでしまう。プロペラが出す気流で海面から飛沫があがるほどの低空で退避したという搭乗員はそうざらにはいないのではないだろうか。

戦線離脱して辺りがすっかり暗くなったころ、味方機が少しずつ集合し、帰投するため菅野一番機を先頭に編隊を組んだ。

帰る途中、下を見ると島から狼煙《のろし》が上っていた。その煙について基地に着いてから隊長に事情を聞くと、「あれはゲリラが仕掛けた狼煙で、あんなところに不時着したら殺されるから絶対に行ったらあかんぞ」と教えてくれた。

暗闇の中、何とか無事に目的地の第二〇一航空隊の分遣隊があるセブ基地上空へたどり着いたが、飛行場の様子がわからなかった。敵に発見されないように夜間着陸用の灯火（カンテラ）を点《つ》けてくれていないので、仕方なくわれわれは勘に頼って着陸した。私も菅野大尉も夜間着陸は初めての経験だったが、あの状況を経て暗がりの中、直掩隊五機が全機無事に基地に帰ってきたから不思議だった。菅野隊長が、

「お前ら、よう帰ってきたな！　あの対空砲火はすごかった、弾が追いかけて来たなあ。しかしだれもやられてないのかっ！　よくついて来てくれた。これでお前たちも半人前から一人前にちょっとは近づいたなあ」としみじみ言ってわれわれをほめてくれた。

帰投後、直掩の五人は戦闘指揮所に出向き、中島正飛行長（当時少佐・海兵五十八

期)に対して菅野隊長が特攻の戦果報告をした。

「特攻の三機は戦艦、巡洋艦、輸送船にそれぞれ突入するも、猛烈な対空砲火の中で沈むところまでは確認しておりません!」すると飛行長が、

「最後まで戦果を確認せずに帰ってくるとはどういうことだ! 本当に体当たりをしたのか!」と言うので、菅野大尉はその言い草に怒りがこみ上げ、どうするつもりだったのか、思わず腰の拳銃に手がいき、誤発させた。拳銃の弾は菅野大尉の足をかすめた。

あのすさまじい対空砲火の中でやりなおしをしてまで任務を遂行させた特攻隊員の崇高な行動よりも、その結果の確認だけを気にする飛行長の態度に我慢ならない様子だった。

「笠井兵曹、すまんが肩を貸してくれ」菅野隊長は私につかまって指揮所の階段を降り、足をひきずったまま医務室には向かわず、搭乗員待機所にもどっていった。

忠勇隊は艦爆三機で戦艦一隻中破、巡洋艦一隻大破、輸送艦一隻小破の大戦果をあげた。

個々の判断で敵に体当たりすることはそれまでにもあったが、神風特別攻撃隊の攻撃、つまり『命令』としての体当たり攻撃はこのときからはじまり、終戦までつづけ

られた。そして、特攻の直掩に行って、戦後まで生き残った者も私のまわりにはほとんどいなかった。

「副長、私たちも特攻に行かせてください」

忠勇隊の直掩を終えた二日後、われわれの搭乗機は今後の特攻に使うから基地に置いていけ、という中島飛行長の命令で取られてしまい、セブ基地から九六式中攻を改造した輸送機に乗り、ふたたびマバラカットにもどることになった。

すでに敵の制空下となった空域を輸送機単機で飛ぶことなど危険きわまりなく、私は乗る前から悪い予感がした。案の定、フィリピン中央部を北上し、ルソン島に近づいたところで哨戒中の米陸軍のP38に捕捉され、機銃弾を撃ち込まれた。敵機が執拗に追いかけてくるので、輸送機の機長が、

「もう駄目です！　みなさん覚悟してください！」と言った。すると菅野大尉が、

「馬鹿野郎！　どけぇー、俺が操縦する！」といって操縦員を席から引きずりおろし、それまで一度も経験のない双発の攻撃機の操縦をはじめた。

高度をみるみる下げ、まるで戦闘機のように地形を這う飛行をはじめた。乗員たちは真っ青になったが、そのことによって敵は自分も地面に激突する危険があるために

容易に近づくことができなくなった。そのままの低高度で海面に出ると、こんどは海面すれすれに飛行する。敵機も後から執拗に追いかけてくる。やがて前方に島影が現われ、その海岸近くの小さな飛行場に胴体着陸ですべりこんだ。

「逃げろ！」と全員が飛行機を離れ、一斉にジャングルの中に逃げ込んだ直後、輸送機は折り返してきたP38の機銃でバッと炎上した。基地と連絡のとりようがなく、数日後、われわれは地元の船に乗ってマバラカットのあるルソン島に向かった。

なお、この島は戦後に陸軍の小野田寛郎少尉が発見されて話題となったルバング島だった。

こうしてわれわれ全員は菅野大尉の手で命を救われ、無事ルバング島からマバラカット飛行場に到着した。そのマバラカットでは連日特攻だった。ここでは、特攻の隊名も行く順番も決まっていて、飛行長がくる日もくる日も特攻命令を出して、つぎからつぎに出撃していった。大勢いた搭乗員もみるみる減っていった。

あまりにも平然と特攻が命令されるので、「間違ってもあそこに着陸するな。たちまち特攻に行かされるぞ」と、他の部隊の搭乗員の間でも噂になるほどだった。しかし、特攻は司令長官の命令で、だれかがやらなくてはならないことだったので、あえて飛行長は冷酷さを装っていたのではないかと私は思う。内心は辛い任務ではなかったかと。

十一月一日、私は海軍上等飛行兵曹に進級し、マバラカットでさらに二回、零戦特攻機二機を一人で直掩したが、いずれも会敵せずに基地にもどった。十一月に入ってからの特攻は内地から新たに来た搭乗員たちが主力だったが、特攻隊員の名前は直掩の私には知らされることはなかった。基地では特攻隊員と接する機会はなく、言葉を交わすことはなかった。

十一月中ごろ、杉田兵曹が何か思いつめた表情で、私にこう言った。

「笠井、お前拳銃持っているか」

「はい、持ってます」

「日光（安治）はどうした」

「はっ、日光はマラリアの発作で兵舎です！」

「そうか、じゃ止むを得ん。よし笠井、お前だけ拳銃を持って俺と一緒についてこい！」

理由は何も言わなかった。空襲は何回も来るし、本部の天幕も破壊されている。マバラカットの第二〇一航空隊は近くのバンバン川の川岸に粗末な天幕を立て戦闘指揮所にしていたが、そこに杉田兵曹が私を連れて訪ねた。すると、黒眼鏡をかけ、色黒で大柄な玉井浅一中佐が「おう！」と言って出てきた。

杉田兵曹は、

「副長、私たちもぜひ特攻に行かせてください！」と短刀直入にこう切り出した。

それを聞いて、私もそのときは〝まったくそのとおりや。いつでも行ったるぞ！〟と、すぐに同意した。毎日毎日「特攻」「特攻」と出撃するのに、われわれだけが特攻に行かないのはなぜだという気持ちだった。私は菅野大尉と杉田兵曹のことは非常に尊敬していたから、彼らとならいつでも死ねると思っていた。

その杉田兵曹の言葉に対し玉井副長は、

「なに？　特攻？　特攻はいつでも行ける。好きなときに行ける。でも、お前と笠井は二六三空豹部隊の大切な生き残りの人間やから、お前たち二人にはこれから内地へ帰る命令を出す。豹部隊の八十人近い搭乗員のほとんどが戦死してしまったから、俺は内地へ帰って彼らの墓参りをしないといかん。しかし、いまの俺にはそれができない。だから、便ありしだい貴様らは内地へ帰り、俺の代わりに戦死した隊員たちの墓参りをしてきてくれ、頼む！」と、静かにさとすような口調でこう言われた。

これにはさすがの杉田兵曹も返す言葉がなく、ただ「わかりました」と返答、敬礼して二人でその場を去った（戦後、玉井副長は愛媛県松山市瑞応寺の僧侶となり、自分が特攻を命じた部下の御霊を弔うことに余生を捧げられた）。

杉田兵曹と特攻を志願した二日後、私は自分の耳を疑った。杉田兵曹や同期生の日光兵曹ら数名とともに、本当に内地への転勤命令を受領したのだ。特殊部隊を編制するという特別命令だった。「とにかく早い便を見つけて横須賀へ帰れ、横須賀に行けば菅野大尉がいるので、彼の指示にしたがえ」との簡単な説明だった。

菅野大尉は特命により十一月初頭に一足先に内地へ帰っていた。このとき、私は一時的に杉田兵曹とは別々となり、十一月末のある日の夜、一式陸攻の輸送機に便乗して内地を目指した。

その輸送機はしばらくすると敵の夜間戦闘機につかまって機銃掃射を受け、飛行不能となりフィリピン北部のエチアゲに不時着した。輸送機は使い物にならなくなったので、そこで二日ほど過ごしていると、運よく別の内地行きの輸送機がやって来た。その機に便乗してほっとしたのも束の間、またもやこの輸送機も敵の夜間戦闘機に捕捉され、そのままでは撃墜されるとして台湾の高雄に不時着してしまった。報告のためにそこの指揮所へ行くと、

「今夜ここに着いた搭乗員に伝える。敵の機動部隊が来たから貴様らも特攻配置

だ！」と突然言われた。

フィリピンでは杉田兵曹とともに一度は特攻を志願したものの、状況が変わって内地にもう一度帰れることになり、特殊部隊とは何かわからないままにも「存分にやったるぞ！」という気持ちになっていたので、「ここまで来てまた特攻か……」と残念に思った。高雄では兵舎の割り当てもなかったので、特攻用に爆装した零戦の翼の下にむしろを敷き、そこで横になって二日ほど待機していた。すると、

「笠井兵曹おられますか！」と番兵に呼ばれた。

「わしや！」と言うと、

「本部が呼んでます！」とのことだった。

走って本部へ行くと、そこの士官から、

「笠井兵曹、内地から命令があった。お前は便がありしだい横須賀へ行け。すぐに行け。そこで菅野大尉が待っているとのことだ」といわれた。

正直にいうと私はその命令を聞いてほっとした。しかし、そんな素振りはとてもではないができなかった。部隊こそ違ったが、輸送機で私と同じように内地へ帰る予定だった同乗の五人も、私と一緒に特攻配置になっていた。

「笠井兵曹は内地へ帰れるんですか！」と羨ましそうに私に言ってきたときは、

「ああ、本部からの命令やからなあ、しゃあないわ」と言うのが精一杯だった。彼らの気持ちは痛いほどわかった……。

こうして輸送機で高雄から鹿児島県の笠之原基地（鹿屋市）へ移動し、何とか無事に内地へ辿《たど》りついたのだった。

笠之原から横須賀に移動するまで少し時間があったので、「武漢三鎮」と呼ばれた、町の一角にある士官専用の料理屋で他の三人と飲んでいた。すると参謀肩章を巻いた少佐が、自分たちのことは棚に上げて、

「搭乗員が日中に外出して酒とは何事じゃ！」と言って殴りかかってきた。

「ちょっと待ってください。わたしら外出ではないのです。明日、横空（横須賀海軍航空隊）へ行って菅野大尉の指示を受けるように言われて移動中なんです」と説明すると、

「なにい？　なんだ、お前ら特殊部隊の選抜要員か。それならよし」と言った。特殊部隊新設のため、各地から戦闘機搭乗員が集められていたことは、参謀の間では知られていたようだった。そして、参謀たちに誘われ、そのまま一緒に酒を飲むことになった。

第三章　本土防空戦

三四三空編成、制空権奪還目指す

昭和十九年十二月一日には横須賀に到着し、司令部へ着任報告に行くと、指宿正信飛行隊長（少佐・戦後は航空自衛隊二等空佐、海兵六十五期）と塚本祐造分隊長（当時大尉・海兵六十六期）がわれわれを出迎えてくれた。その場で、「菅野大尉は木更津にいるからそちらへ行け」と言われたので、六、七名で内火艇に便乗して移動した。

木更津に着くと、こんどは菅野大尉と入れ違いになったため、ふたたび横須賀に戻ったところ、無事、菅野大尉に再会することができた。隊長は、「笠井、よう帰ってきたな！」と言ってくれた。横須賀にはすでに各地から集められた搭乗員が何人かいて、私は彼らとともに二五二航空隊に編入になった。菅野隊長から聞いた特殊部隊の任務とは、二五二空の隷下に入って秘匿特攻兵器「マル大」による攻撃（神雷部隊）の直掩を「紫電一一型」（われわれは紫電をJと呼んでいた）で行なう、ということだった。

私は菅野大尉に、

「隊長、われわれは紫電で特攻の直掩をするということはわかりましたが、そのマル大というものがどういう飛行機なのか知らないので、見せてほしい」

と言うと、隊長はわれわれ搭乗員を横空の端にある天幕のところまで連れて行き、マル大を懸吊した一式陸攻を見学させてくれた。

マル大とは、第七六二航空隊付の大田正一少尉（偵練二十期、彼の名前にちなんだ秘匿名称）が中心となって開発した特攻専用機で、のちに「桜花」と呼ばれた。一式陸攻の胴体下に抱かせて目標付近まで接近し、母機から切り離したあとはロケット推進部に点火して一気に敵艦に突入するという説明だった。着陸装置はなく、完全に生還を期さない構造に

一式陸攻の懐に抱かれ出撃する「桜花」

なっていた。そして、その小さな操縦席の付いた機体を見て思った。ただでさえ足の遅い一式陸攻に乗せ、かりに目標に到達できたとしても、一トン爆薬を積み小さな翼をつけたロケット推進などで本当に特攻など可能なのか、と。しかし、命令は命令なので六機ほどあった横空の紫電を使って、われわれはさっそく飛行訓練をはじめた。

局地戦闘機「紫電」

紫電は、いきなり零戦のように操縦できるものではなかったが、「紫電」「紫電改」のテストパイロットを務めた海軍航空技術廠飛行実験部の古賀一大尉（操練十四期）が指導教官としてついてくれたこともあって、間もなく全員が操縦できるようになった。当時三十二歳だった古賀大尉はもの静かな中にも、

「お前らはマル大の直掩という大任を果たすのだから、しっかりと紫電の操縦を覚えて彼らを守れ！」と、操作、計器類、構造、性能などの全般についてわれわれ搭乗員を熱心に指導した。

紫電は零戦とはまず格好が違う。胴体が短くて翼が大きく、見るからに獰猛そうな飛行機だった。しかし中翼（胴体の中央部分に主翼が取りつけられている）のため、長くなった二段式引き込み主脚はよほど慎重に操作しないと飛行機を壊すことにつながるので気を使った。頑丈な機体を飛ばすために搭載されている誉エンジンの出力は二千馬力、プロペラは四翅。零戦の栄エンジンの八百馬力とはまったく別物で、凄いパワーだった。兵装も重装備の二十ミリ機銃四本、長い機銃が主翼から四本突き出た姿はいかにも強そうだった。そして、零戦と比較して操縦席が広く、「操縦席で宴会ができるぞ！」などと冗談をいう搭乗員もいた。大柄な私にはありがたかった。

難点は油圧系統の故障やブレーキの不調が多かったことだ。どの機も油圧のトラブルによって胴体がオイルでかなり汚れていた。また、前下方視界も悪かった。それはともあれ、精悍な熊蜂を思わせる紫電の姿にだれかが、「何だか隊長（菅野大尉）によく似ているなあ」と言ったので、みなで「本当だ！」と大笑いした。菅野隊長も苦笑いしていた。

一日目は座学と操作説明、地上滑走、翌日から離着陸訓練。われわれの練度は日増しに上がり、一般的に扱いにくいと言われた紫電でわれわれは一度の事故も起こさずに無事一連の基礎訓練を終え、古賀大尉から褒められることもあったが、肝心の特殊任務の命令はなかなか来なかった。

われわれの部隊は横空では仮入隊扱いだったので、兵舎のデッキには寝具などが完備されておらず、毎日外出許可をうけて外の旅館で泊まった。酒保で酒は支給されるが、まさか一升瓶を手に隊外に出るわけにもいかないので、日本酒のかわりに小さな三合瓶のブドウ酒をもらって飛行靴に差し込み、上からズボンを被せて外出した。われわれが変な歩き方をするので、隊門の立哨（衛兵）が敬礼しながら不思議そうな顔で見ていた。こうして門から五十メートルも進んだところで飛行靴からブドウ酒を抜き、意気揚々と飲み屋に上がりこんでいた。

ついにある日、菅野隊長に、

「お前ら、ここの航空隊をどこだと思っているのか！　日本一うるさい横空だぞ！ここで毎日外出するとは何事か！」と怒られた。

しかし、基地にいてもやはり居場所はなく、仮入隊扱いのため外出許可は出るので、翌日にはまたブドウ酒を飛行靴に隠し、立哨の前を通って外出を繰り返した。

ある日、飲み屋の隣部屋の上がり口に半長靴が脱いであったので、「どこの隊だ？」と尋ねると、潜水艦の乗組だという。合同でやろう、とどちらからともなく話が合って酒とブドウ酒のチャンポンとなった。灯火管制のうす暗い部屋の中、たがいに明日の戦果を誓い、再会を約して狭い部屋で雑魚寝となった。

紫電の訓練を一週間ほど行なっていたある朝、訓練前の整列のときに菅野隊長から訓示があり、「状況が変わってわれわれは新設の第三四三海軍航空隊の戦闘三〇一飛行隊として制空の任務につくことになった」とのことだった。

大戦前から航空主兵論（航空兵力の優劣が戦争全般の行方に決定的な影響をあたえるという思想）を唱えていた軍令部源田実大佐（戦後は航空幕僚長、参議院議員・海兵五十二期）は、戦闘機隊が負けていることが戦いに負けつづけている原因とした。そこで、何とかして精強無比な戦闘機隊をつくりあげ、往時のごとく片っ端から敵機を射落とし、敵に脅威となる部隊を持つことができれば、その部隊の戦闘を突破口として怒濤のような敵の進撃を食い止め、退勢挽回の緒を摑《つか》むことができるとして、昭和十九年十二月二十五日、のちに定数各四十八機の戦闘飛行隊三隊と偵察隊一隊（昭和二十年二月一日増隊）を擁する第三四三海軍航空隊（二代目）を立ち上げたのだった。

主目的は制空権の奪還だったので、各戦闘機隊には最新鋭の局地戦闘機「紫電改」が集中配備されることが決まり、それぞれの戦闘機隊長に菅野直大尉（戦闘三〇一飛行隊）、林喜重大尉（戦死後少佐、海兵六十九期・戦闘四〇七飛行隊）、鴛淵孝大尉（海兵六十八期・戦闘七〇一飛行隊）が選ばれた。隊長も中堅搭乗員もみな若くて攻撃精神の旺盛な歴戦の戦闘機乗りだった。機材と人材が源田司令の情熱と実行力で集められた。

こうして菅野隊長の下、杉田庄一、笠井（筆者）、日光安治、酒井哲郎、新里光一、飯田一、米田伸也、佐藤精一郎の計九人に第三四三海軍航空隊「剣部隊」（以下、三四三空）戦闘三〇一飛行隊の編制が発令された。これがのちに勇名を馳せた新制三四三空のスタートだった。

隊発足時の九人のうち、菅野隊長と杉田兵曹以外はみな甲飛十期で、戦後まで生き延びたのは佐藤（戦後・山本）氏と私だけだった。また、終戦までに三四三空全体の搭乗員のうち八割は戦死して、現在は滋賀県にご健在の本田稔氏（甲飛五期、最終階級は少尉。戦闘四〇七飛行隊・戦後は航空自衛隊一等空尉）と宮崎県にご健在の原田英次君（甲飛十二期、二飛曹。戦闘三〇一飛行隊）と私の三人しか生存していない。後年、航空自衛隊第三〇一飛行隊が開隊四十周年の際、宮崎県の新田原《にゅうたばる》基地にて記念イベントが行なわれ、招待された私と原田君は七十年ぶりに会うことができた。

「おお、お前、原田君やなあ？」

「ああ、笠井兵曹！」

「うん」

おたがい風貌は変わったが、昔の面影を感じ懐かしかった。

最新鋭機「おう、これが紫電改か」

当時、米軍は特攻による損失拡大ならびに士気の低下を恐れ、彼らにとって最優先課題となった神風特攻隊の出撃阻止のため、九州地方の航空隊基地爆撃を企図して大機動部隊の第五十八任務部隊を四国・九州の南方洋上近くまで進出させていた。三四三空を編制するという命令が出た十二月中旬、橙色に塗装された試作機がさっそく横空に飛んできた。まだ海軍に納入されていない段階だったが、このときわれわれは初めて最新鋭戦闘機「紫電改」(J改と呼んだ)と出会った。

搭乗員たちはそのまわりに集まって、「おう、これが紫電改か!」「これはすごい飛行機やな!」などと観察しながら新鋭機の誕生をみなで喜びあった。紫電改を知ってからは、訓練が紫電のときだと、「なんだ、今日はJか」とがっかりするほど格段に性能が上がっていた。

われわれにこの戦闘機があれば、グラマンには負けない、絶対に負けないと確信した。絶対勝てると自信が湧いた。この試作機をみなで交代で操縦するのが楽しかった。当初、試作機は一機しかなかったので順番待ちのときは待ち遠しく、降りてきた戦友に、「おい、こらお前、時間が過ぎてるやないか!」などと言い合ったものだった。

十二月末には部隊が松山基地に移動し、そこには十数機の紫電改が並んでいて存分に訓練もでき、「やったるぞ！」とみな、ひさしぶりに意気軒昂となった。

飛行機を取り合いした戦友たちはほとんどが終戦までに戦死してしまい、戦後生き残った二人もすでに亡くなって、ついに私一人になった。

紫電改「N1K2-J」は紫電の主翼配置を中翼から低翼に変更し、胴体も誉エンジンの直径に合わせて絞り込んだのでずいぶん操縦しやすくなり、前下方の視界も改善され、紫電に比べるとスマートな印象となったが、見た目にはグラマンF6Fとやや似ており、味方の陸軍機などから誤射される事件も起きた。低翼になったので、トラブルが多かった紫電の二段伸縮式主脚は不要となり、安定した主脚に変更されていた。

紫電改は自動空戦フラップ（後述）を装備し、防弾面も零戦より格段に強化された。主翼や胴体内に搭載された燃料タンクはすべて防弾タンクとなり、さらに自動消火装置まで装備された機もあった。最高速度は時速六百四十四キロ、急降下テストでは時速七百九十六・四キロを記録し、零戦に比べて頑丈な機体であることも証明された。

海軍は紫電改を零戦後継の次期主力制空戦闘機として正式に配備することを急ぎ決

局地戦闘機「紫電改」

定、一万機以上の生産計画を立てた。しかし資材不足や空襲による被害で計画は早々に破綻し、終戦までの総生産数は四百機ていどに留まった。なお、生産された機体のほとんどは川西航空機鳴尾工場製だったが、姫路製作所でも紫電、紫電改は製造されており、加西市にある姫路海軍航空隊鶉野飛行場から運ばれてきた機体は「川姫号」の愛称で呼ばれていた。

　紫電と紫電改を実際に操縦して強く感じた印象は、離陸や空戦中に誉エンジンをフルスロットルしたときの加速がすさまじいことだ。重量は零戦より重いので、離陸の滑走距離は少し長めだったが、そのぶん空中速度は零戦より格段に速い。紫電改は低翼となったので、紫電で問題だった運動性能のほとんどが改善されていた。

　松山基地に移動する直前の年の十二月下旬、横空上空にB29が偵察に現われ、紫電六機、橙色の紫電改一機で赤ブースト全開、迎撃に上がった。しかし、敵は一万メートル上空を飛んでいるのでなかなか追いつけない。四千メートルを超えてから酸素マスクをつけ、八千メートルで主翼の端からピピピ……と飛行機雲が出るのを見た。最終的に房総半島の沖合い上空一万三百メートルまで上昇したが、猛烈な寒さで手足がしびれるように痛く、オイルも凍結して表示が赤に変わった。

敵機を見失ったので攻撃を断念し二十ミリ四門の試射をしてみると、ドッドッという零戦には無い強い衝撃が体に伝わり、頼もしさを感じた。そして辺りを見渡すと大きな湖が見えた。どこの湖かと思ったら、日本海だった。遠方に朝鮮半島の一部がかすかに見え、真下には富士山が見えた。一万メートルまで上がると、見える景色もいままでとはまったく違っていた。日本は何と狭いものだという印象をもった。

私は紫電で空戦に上がったのはこれが最初で最後となり、その後の空戦はすべて紫電改で戦った。

ところで、内地の食事がおいしいので私の体重はみるみる増え、明けて昭和二十年一月に入ると九十キロに達していた。零戦受領で一時帰国したときも、角瓶などの贅沢な物資に恵まれたが、いま思えば当時、民間人の犠牲によって食料には不自由なく生活したことを申し訳なく思う。

ある日、菅野隊長が突然、

「笠井、貴様は太りすぎだから戦闘機は向かん。艦爆に行け！」と言って、私はびっくりした。

戦闘機乗りで体重が増えたら飛行機の運動能力は下がる。艦爆なら重たいほうがまだ急降下に有利な場合もある、という理屈だ。その日の夜、同部屋の他の士官たちが外出したタイミングを見計らって士官室を訪ねると菅野隊長が一人在室していた。

「おう、笠井！　どうした」

「すみません、さきほどの体重のことですが、絶対戦闘機に残してください」

泣きながら訴えると、菅野大尉は、

「あ？　お前、あれ本気にしたんか！」とあっけにとられた様子だった。

それを聞いて心の底からほっとした。ただし、隊内で一番目方が大きかったから燃費試験飛行の担当はよくさせられた。理由は、もっとも重い条件で燃費や運動性能が把握できるからだった。

三四三空、松山に移動

紫電改の試作機が来て十日ほど過ぎたころ、菅野隊長が、

「横空は飛行場が狭く、飛行機はたくさんいるし、どこかいい基地はないかなあ」と

戦闘 301 飛行隊「新選組」搭乗員の集合写真。筆者は最後列中央

いうので、

「隊長、そりゃ松山基地はええですよ」と答えた。

「何でや」

「私は延長教育が終わって最初の実施部隊で松山にいたことがありますが、飛行場は広くてええし、人間もええ人たちばっかりで、ご馳走してくれます（笑）」

「そうか、よっしゃ！」

菅野隊長はさっそく紫電改に乗って愛媛県の松山基地の視察に行った。しかし、日帰りする予定の隊長が夜になっても帰ってこなかったので、どこかに不時着でもしたのかな？とみなで心配したが、つぎの日の昼ごろに無事にもどってきた。菅野大尉は開口一番、

「松山はええぞ！」とずいぶん気に入った様

子で、ほどなく三四三空は松山基地に移動することが決まった。菅野大尉の一存で基地の移動が決まるのか私には確証はなかったので、戦後、私は志賀飛行長（志賀淑雄少佐・海兵六十二期。戦後はノーベル工業社長）に会った際、そのことを直接聞いてみた。

「飛行長、私が菅野大尉に松山を薦《すす》めたら、大尉はさっそく下見に行き、松山はよいと言って移動することになったのですが、一介の大尉の隊長クラスが航空隊の基地を本当に決めることはできるのですか」

「いや、たしかにそんな大事なことは簡単に決められるものではない。しかし、母艦部隊の六〇一空という戦闘機、艦爆がそろった大きな航空隊が松山基地を根拠地にして特攻訓練をしていたところ、ちょうどフィリピン方面に向けてその隊が転進したばっかりだったので、たまたま飛行場が空《あ》いていた。そのとき、偶然に菅野大尉が見に行って、状況を私（飛行長）に報告した。瀬戸内海や九州も近くて地理的条件も良く、それやったら行ける、ということで急遽決まった」とのことだった。

記録上では、三四三空は昭和十九年十二月二十五日に松山基地で開隊となり、戦闘三〇一飛行隊は久邇宮朝融王殿下の命名で「新選組」と名づけられたと隊長から説明を受けた。明治維新に活躍した勇猛な剣士になぞらえようとしたものだが、指揮所前には「海軍新選組指揮所」、待機所前には「新選組搭乗員屯所」という大きな白木の看板が立てられ、隊員の士気は否が応にも高まった。その後、鴛淵孝大尉隊長の戦闘七〇一飛行隊が宮崎基地から、さらに林喜重大尉隊長の戦闘四〇七飛行隊が出水基地から編成訓練を終えて松山基地にそろった。

前述のとおり、三四三空にはいろいろな航空隊から優秀な戦闘機搭乗員が集まっていた。たとえばベテランの本田稔少尉（戦闘四〇七）。ラバウル帰りで操縦技術も敢闘精神も物凄い人だった。彼が兵舎の廊下を歩いていたら、しゃべっている人間も「あっ！」と勝手に背筋がぴんと伸びる感じだった。南方では門田先任下士官とともに「ホンダ、モンダの声がする」と搭乗員たちから陰で恐れられる存在だった。

志賀飛行長は翌年の昭和二十年一月十四日、源田司令は一月十九日に松山に着任した。そのときに准士官以上が集められ、司令は三四三空の開隊主目的が制空権の奪回であることを改めて訓示した。

紫電改で訓練始動

紫電改は兵庫県を流れる武庫川の河口付近にあった川西航空機鳴尾製作所で主に製造されていた。三四三空の搭乗員（下士官兵）は松山から鳴尾工場まで船や汽車を乗り継ぎ、または輸送機で新しい紫電改を受領しに行った。私も六、七回、受領しに行ったことがある。

現在、浜甲子園団地があるところに紫電改用の滑走路があった。もとは競馬場だった場所なので、滑走路横に観客用スタンドの一部がそのまま残っており、その建物は武庫川女子大学のキャンパス内に現存している。スタンドを横目に離陸すると、間もなく甲子園球場の直上に到達した。

しかし、試作機が完成した昭和十九年初めごろにはその滑走路はなく、機体を分解して夜中に牛車に乗せて三時間かけ、軍民共用の豊中飛行場（大阪第二飛行場）まで運んでいたそうだ。分解された橙色の機体を豊中飛行場で組み立てなおし、そこで川西航空機のテストパイロットが何度も試験飛行をして完成させたとのことだったが、海軍に制式採用となって量産が決まると、それでは間に合わないということになり、急遽、工場横の競馬場を潰して飛行機が離陸できるように滑走路を整備したとのことだ。

昭和十九年十二月末の紫電改導入直後、三四三空は事故つづきだった。丙飛七期の先輩搭乗員が飛行場から離陸した直後にエンジン不調で鳴尾浜に墜落、殉職した。これが紫電改による殉職一号であった。そのあと、機体が空中分解したり、背面錐揉みとなり復元できず海に墜落死して、短期間に五人もの搭乗員が相次いで殉職した。昭和二十年一月五日には部隊による殉職者の海軍葬が執り行なわれ、軍艦旗の前に五つの遺骨、位牌、遺影がならべられ、遺族も呼ばれた。

それでも紫電改は高性能な戦闘機には違いがなく、操縦桿を引き起こした際のG《ジー》のかかり具合などは零戦とは別物だった。また、八千メートル以上で高速飛行、かつ気象の条件がそろえば、飛行機雲が主翼の先端から小さい霧の渦のように発生してピピピ……っと引かれるほど高高度でもスピードが出せた。

松山基地でエンジン始動中の笠井機

また、空戦フラップという機構がついていて、宙返りのときに飛行機のスピードが落ちてくると、フラップが自動的にパッ、パッ、パッとまるで生き物のように小刻みに出て失速状態を支え、宙返りも小さな半径で回ることができた。紫電改は三四三空、なかでも菅野隊長率いるわれわれ戦闘三〇一に優秀な中堅搭乗員が多かったので優先配備された。

昭和二十年に入ると三四三空の訓練が松山基地で本格的に始動した。戦闘三〇一飛行隊の訓練は六つの区隊ごと、各四機編隊で行なわれた。第一区隊は菅野大尉直率、第二区隊長には杉田上飛曹が指定され、私は杉田兵曹の二番機を務めた。一つの区隊は二つのペア（一番機と三番機、二番機と四番機）で構成され、ペア同士は絶対に離れてはならず、つぎに区隊の四機が離れない編隊訓練を行なった。急上昇、急降下、垂直旋回も宙返りも四機編隊で息をあわせて行なうので難しい。杉田区隊の訓練は速度が三百から三百五十ノットくらいつねに出ており、耳鳴りがして翼端から飛行機雲が出つづけるほどの厳しい訓練だったが、新戦法で戦いに臨もうとする新生戦闘機隊の搭乗員はみな誇り高く、他戦闘機隊の羨望の的であり、意気軒昂だった。

訓練が終わり、兵舎に帰ると「愛する列機来い！」と杉田上飛曹からお呼びがかかる。まずは背中を掻《か》き、その後は肩もみだったが、その日の訓練の修正点を指摘し、技術的な指導をしてくれた。私は経験豊かな搭乗員にそれまで何人も接したが、包み隠さず操縦・空戦技術を教えてくれたのは杉田上飛曹だけだった。それが後にどれほど役に立ったことか。私が今こうしてあるのも、杉田上飛曹の薫陶の賜物だと思っている。

それだけではない。戦闘三〇一飛行隊には小林長春上等整備兵曹という、誉エンジン整備の特修科を出ている優秀な整備班長がいて、私の紫電改の整備を受け持ってくれた。「この飛行機には○○な癖があるから、注意するように」と言われて飛行機に乗ってみると、本当にそのとおりだった。だから、われわれは安心して乗ることができた。帰投後、私の戦果や空戦の状況を聞いて一番喜んでくれたのも、いつも小林兵曹だった。

小林長春上整曹（左）と筆者

また、部隊では指揮通信網、つまり基地と戦闘機隊との間および空中での機と機の意思疎通を充実させた。さらに、飛行機に搭載する空中電話（無線）にはエンジンプラグの放電を抑える対策をほどこし、通話雑音を減らして交信能力を大幅に強化させた。私は試験飛行をよくやらされたと前述したが、あわせて空中電話の感明試験にも協力した。「こちら笠井、感度いかが」と交信しながら東に飛ぶと、松山から大阪、大津、名古屋くらいまでは感度五あって明瞭に交信可能だったが、熱海では感度ゼロになった。そのくらい交信性能は向上されていた。

空中電話は主に区隊長が指示に用いた。菅野大尉が電話を使うときは「菅野一番」、杉田上飛曹が使うときは「杉田一番」と名乗った。二番機以下も発信で使うことはできたが、通話が錯綜するのでめったに使うことはなかった。そして、空中電話は発信した後にスイッチを「受信」にもどさないと、その後だれも受発信できなくなるという構造上の不具合を持っていたので、訓練などで実際にだれかがスイッチを切り替えるのを忘れたために、全員が電話を使えなくなるということがときどき起こった。

そんなとき、隊長が、

「おい、今日もまた電話のスイッチを『受信』にもどさなかったものがおるやろ！」

といって怒るが、

「おっかしいなあ……」とみんな顔を見合わせ、とぼけてやり過ごした。

白無垢からつくられた「紫のマフラー」

昭和五十五（一九八〇）年八月、私が五十四歳のときに読売新聞主催「戦争展」が大阪・大丸心斎橋店で開催された。私は主催者から招待されて行くと、今井琴子さん

という人も招待されていて、
「うわあ、ひさしぶり！」とおたがい再会を喜び合った。
今井さん、通称「コトちゃん」に初めて出会ったのは三四三空が松山基地に移って
すぐの昭和十九（一九四四）年十二月末のことだった。
甲飛十期の同期生（日光安治、宮本芳一、佐藤精一郎）と私の四人は松山に着任後、
初めて外出した。当時はどの店へ行っても食べるものも商品も売ってなかったので、
兵隊たちは弁当、つまり一斤のパンをアルミの弁当箱に入れて外出した。
道後温泉の方角に向かってしばらく歩いていると、松山城近くの大街道に「喜楽」
という料亭の表看板を私は見つけた。
「おい、あっこに料亭があるで。いまごろ料亭なんて珍しいな。行こう行こう」とい
って私は店の扉をあけた。
「こんにちはぁ……」
するとと奥から若奥さんが出てきて、
「あらあら、兵隊さん。何しにきたーん？」と言った。
「いや、私たち食事しよう思ってきたんですけど」
「そんなん、食べるものなんか何もないよ」

「喜楽」はすき焼き専門の料亭だったが、当時は戦時統制下で店は休業していた。

「あ、じゃ、お弁当は持っているので、それならお茶をください」

「ほお、お茶くらいだったらなんぼでもあげるよ」

といって中に招き入れてお茶を出してくれた。この若奥さんが琴子さんだった。

入ってすぐの机と椅子を借りてお茶を飲みながら弁当のパンを食べ、しばらく仲間とフィリピンのことを話していた。すると琴子さんはこう聞いてきた。

「ちょっとあんたら、話聞いとったらフィリピンの特攻から帰ってきたん？」

「そうです」

「フィリピン言うたら、特攻隊でたくさん亡くなったやろう？」と言いながら、われわれの近くに寄ってきた。

「はい、ようけ死にました」

特攻のことは連日新聞にもたくさん記事が出ていたので、一般にもよく知られていた。また、二階の空き広間には戦闘三〇一飛行隊の柴田正司少尉（甲飛三期）夫妻が下宿し、菅野隊長や他の士官も来ているとのことだったので、状況はよくご存知の様子だった。

「兵隊さんたち、苦労したんやね。よく生きて帰れたね……あのう、あんたらところでこれからどこへいくのん?」

「うん、これからぶらぶら道後にでも歩いて行こうかと思ってます」

「あのな、あんたらはお国の大事な人たちなんやから、ヘンなところへ行って病気なんかもらったらあかんよ。そんなところへ行かんでも、外出のときはウチへおいでよ」と言ってくれた。

それはありがたいと、みなで空き部屋にさっそく下宿でお邪魔することになった。ひさしぶりの畳の感触がうれしかった。後日、こんどは五、六人で訪ねたとき、

「あんたたち、すき焼食べる?」と彼女は言った。

「えっ? いまどき、すき焼なんかないですよね」

「いいえ、じつはあるんです」と、やや神妙な調子で答えた。

「へえー、肉、それはすごい」とご馳走になった。あの時分にすき焼が食べられるなんて、だれも夢にも思わなかった。

このように、ご主人をはじめ今井家総出で物資をやりくりされていた様子だった。こうしていつも、われわれ隊員たちを無償で歓待してくれたので、多くの隊員や松山航空隊の予科練習生までが下宿に行くようになった。

昭和二十年正月、特別外出の機会に「喜楽」へ新年の挨拶に行った。一通りの挨拶

の後、琴子さんはこう言った。

「ところであなたたち、紫電っていう飛行機に乗っているんやなあ。紫電といったら紫の電気でしょ、それならマフラーを紫電にちなんで紫にしない？」

「えっ、マフラーつくっていただけるのですか？　それはありがたい。そやけど奥さん、マフラーは絹やないといかんのんですよ」

「なんで？」

「火が出たら（火と熱を防ぐために）マフラーを顔と頭に急いでこう（ぐるりと）巻くんですよ。普通の木綿地やったら（操縦席内に）火が出たときに燃え移ってしまう」

「あっ、そう。わかった。私、絹の生地を持っています。嫁入りのときに持参した白無垢の着物があるから、それでマフラーをつくってあげる。三〇一飛行隊のみなさんに提供するわ」とこともなく言った。

琴子さんは大切な白無垢を六尺の布地四十数枚に切って工面し、染物屋に頼んで紫色に染めた。それだけだと物足りないと思った彼女はマフラーに何か文字を入れることに決めたが、三四三空は四月に部隊ごと九州に移動することが急に決まった。

彼女は文字の刺繡を多くの人に手伝ってもらわないととても間に合わないと思い、近くの私立済美高等女学校（現済美高等学校）の船田操学校長に事情を話した。すると、

「学校としても協力しましょう、体が弱かったり事情により学徒動員に行けずに学校に残っていた女学生たちに文字の刺繡を手伝ってもらいましょう」ということになったそうだ。

こうして何とか間に合わせる目途がついたので、われわれが下宿に行ったときに琴子さんは、

「こんど差し上げるマフラーには言葉を刺繡いたしますので、みなさんの好きな言葉を知らせてください」と言った。

搭乗員たちは『必勝』（菅野大尉）、『攻撃』や『勝利』など勇ましい言葉を選んだ者が多かったが、杉田上飛曹が「ニッコリ笑へば必ず墜す。どうだ、われわれの区隊〈杉田兵曹、筆者〈笠井〉、宮沢豊美二飛曹〈丙飛十五期〉、田村恒春飛長〈最終階級は二飛曹・特乙一期〉〉はこれで行こう！」と四人は揃いの言葉に決めた。こうして三〇一飛行隊の搭乗員三十七名（四〇七飛行隊にも若干名）は今井さんに刺繡入りの紫のマフラーをもらい、それを首に巻いて終戦まで戦った。

私は戦後も大切にそのマフラーを持っていたが、自分が死んでマフラーが棺桶に入り、一緒に燃えてしまうのはあまりにももったいないと思い、平成十九年、愛媛県愛

南町の南レク内「紫電改展示館」に寄贈することにした。

今井さんの家とは戦後も親交を深めたが、琴子さんは平成八年に亡くなられた。

三月十九日の大空戦、痛恨の腹痛

三四三空の松山海軍航空基地北隣には、昭和十八（一九四三）年に新設された「松山海軍航空隊」という予科練があり、私は三四三空の搭乗員でありながら予科練の臨時班長も受け持っていた。臨時だったので、「きょうは手旗信号の練習をしておけ」「モールスの練習をしておけ」などと予科練生に命令をしておいて部隊の訓練飛行に行き、夕刻には予科練にもどって練習生たちと一緒に夕飯を食べるという生活をしていた。

朝起きたらすぐに飛行場に行かなくてはならなかったので、予科練生たちの様子を見ることがあまりできなかった。だから短い期間だったとはいえ、練習生を罰直で殴ったことは一回だけだった。私が土浦のときに経験したような、バッターをするほどの教育・訓練する時間はまったくなかった。

昭和二十（一九四五）年三月十九日早朝、米海軍第五十八任務部隊は四国の南岸約百カイリまで北上し、艦載機約三百五十機を発艦させた。この蜂の大群のような戦爆連合の大編隊は呉軍港内の艦艇、海軍工廠、航空基地などを攻撃目標として瀬戸内方面に殺到した。直前にせまった沖縄上陸作戦を遂行する前に残存する日本軍の航空兵力と水上艦艇を徹底的に叩いておく、という意図だった。

グラマンF6Fヘルキャット

これに対し、橋本敏男隊長（大尉〈当時〉、のちに航空自衛隊空将補・海兵六十六期）率いる偵察第四飛行隊の高速偵察機「彩雲」機長、高田満少尉が送信した『敵機動部隊見ゆ、室戸岬の南六十浬〇六五〇』の情報を受けた源田司令はただちに『シキシマ・シキシマ』（全機始動）の暗号連呼を発信。つづいて『敵大編隊、四国南岸を北上中』『敵大編隊見ゆ、地点高知上空』『敵は戦爆連合五十機、北上中、高度三千米』の情報が矢継ぎ早に入電し、司令は『サクラ・サクラ・ニイタカヤマノボレ』（全機発進）暗号を発信した。

紫電改五十六機、紫電七機合計六十三機がただちに邀撃に上がり、地上から一般国民が見守るなか、三四三空は部隊創設以来初の大空中戦を展開、敵機多数を撃墜して奮闘した。

空母ホーネットの戦闘機隊長を務めたコナント大尉は、「かつて経験したことのない恐るべき反撃を受けた。東京方面で出会ったものよりはるかに優れ、巧みに飛行機を操り、甚だしく攻撃的。彼らは良好な組織性と規律と空中戦技を誇示した飛行隊だった」と戦闘報告で述べている（高木晃治、ヘンリー境田著『源田の剣　改訂増補版』より）。

私はこのとき、激しい下痢の症状があって朝から予科練の教員室で寝ていた。すると、敵編隊が空襲にきたので、「これはいかん！」と飛び起き飛行場まで全速で走った。グラマンはすでに松山基地上空に達しており、基地内に置いてあった木製のおとりの紫電改をロケット弾と機銃で「ダダーン！」と撃ちながら降下してきた（味方機はすべて邀撃に上がって出払っていたので、駐機していた飛行機は一機もなかった）。

三四三空の紫電、紫電改はＦ６Ｆ、Ｆ４Ｕ、ＳＢ２Ｃヘルダイバーなどの敵艦載機との空戦を行ない、菅野大尉率いる戦闘三〇一飛行隊を中心に多数の敵機を撃墜する大戦果をあげた。菅野大尉は率先して敵編隊の中に突っ込み一機撃墜したが、バート・エッカード大尉（『源田の剣　改訂増補版』より）のＦ６Ｆに撃墜されて落下傘で脱出、今治市郊外の農地の木にひっかかって助かった。しかし、顔は火傷し、搭乗員特有の長い髪をしていたからなのか、敵とまちがえ辺りの農夫や国防婦人会の人が、「敵や!」と必死になって、鎌やら鍬やらを手に持って追いかけられたと菅野大尉本人から聞いた。

　菅野大尉は、「俺は敵ではない! 日本人だ!」と千人針などを見せて必死に説明し、ようやく納得してもらったそうだが、飛行隊長であることがわかって一転、丁重な手当てを受け、自動車で送られて無事帰隊した。指揮所に来た菅野大尉の顔を見たらやけどで真っ赤になっていた。

「隊長、すぐに医務室に行きましょう!」

「いや、行かん」

「行きましょう!」と私は言い、無理やりわれわれで連れて行った。

　医務室にはまともに薬もなかったので、白い粉の「チンク油」を顔面のやけどの患部に塗った。その後、

「隊長、包帯くらいせんと」と言っても聞いてくれず、そのまま指揮所にもどって行った。だれかが、

「隊長、ずいぶんと色白なハンサムボーイになりましたよ!」とからかうと、隊長は、

「顔の皮がひきつって痛いから俺を笑わせるな」などと返して元気をよそおっていた。

なお、このときの顚末がのちに問題となり、その後、三四三空の搭乗員はみな軍艦旗を飛行服の左腕につけて戦うようになった。

日光安治上飛曹（3月19日、菅野2番機で未帰還）

この日、菅野大尉の二番機をつとめた同期生の日光安治上飛曹は大崎上島上空で杉田上飛曹らとともにF6Fの一群を捕捉して襲いかかり、敵機を逐次血祭りにあげて区隊撃墜賞に輝く活躍をみせたが、みずからも被弾し、未帰還となった。日光上飛曹とはヤップ島でも一緒に空戦を戦い、千九十七人いた甲飛十期の中で、二番の成績で卒業したたいへん優秀な搭乗員だった。

偶然にもこの日、日光上飛曹の姉が北海道からはるばる松山基地に面会にきていた。同期生たちは困惑したが、やはり本当のことを知らせたほうがいいということになり、同期生を代表して私が、

「日光上飛曹は本日の空戦で未帰還になりました」と伝えた。

空戦を見上げていたはずの彼女は、

「ああ、そうですか、よくわかりました」とただうなずいただけで涙は見せなかった。

しかし、彼女の気持ちは痛いほど察せられた。二日後、日光上飛曹の姉が北海道に帰郷するということだったので、脱柵《だっさく》（基地を無許可で抜け出すこと）してふたたび日光上飛曹の下宿先に同期生数人で訪ね、記念に全員で写真におさまった。

空戦の翌日、杉田上飛曹は道後松ヶ枝町の坂を下ったつきあたりにある、行きつけの一杯飲み屋「のんべい」に自分の列機三人（二番機笠井、三番機宮沢、四番機田村）を連れていった。そこで私は、

「こら笠井、昨日は何や。そんなに戦争が怖いんだったら、もう俺の列機から外す。空戦を腹痛で休むような卑怯者は搭乗員をやめろ！」と、杉田上飛曹にものすごく怒られた。

私はどうして良いのかわからず、わんわん泣いて謝った。腹痛で休んでいた予科練の教員室にまでわざわざ出撃命令が届くはずもなく、もちろん杉田兵曹は私のその事情は知っていたはずだが、そんなことは関係なし。空戦に来るのか来ないのか、それだけ。

私は地上から空戦の模様を見ていたが、あのときの邀撃戦に行けなかったのは、いま思い返しても本当に無念で仕方がない。一介の下士官・兵ならまだしも、杉田区隊

戦艦「大和」

の二番機で、いつ一番機になろうかというような中堅の下士官では返す言葉もなかった。そして、その後も何かあるたびに、「でもお前、あのときは空戦に出撃しなかったやないか!」と後々まで人に言われ、悔しい思いをしつづけている。

三月二十一日、私をふくめた数機が呉上空で空中哨戒の折に、戦艦「大和」が下から高角砲をドンドン撃ってきた。友軍だという味方識別バンクを出し、上下運動をしたが、敵機動部隊の空襲を受けたばかりだったからなのか射撃はつづき、退避を余儀なくされた。この事案に関して源田司令が抗議電報を送ったら、「大和」艦長が、「よい訓練目標をくれてありがとう」と冗談を言ったとか言わなかったとか。実際のところはわからない。

幸い、撃墜された紫電改は一機もなかった。

おそらく、われわれはあの戦艦「大和」に撃たれたことのある唯一の日本人ではないだろうか。

「撃墜ではない！　不確実撃墜だ！」

呉方面の大空襲から一週間後の昭和二十年三月二十六日、アメリカ軍は沖縄の慶良間諸島の座間味島に上陸した。

つづいて四月一日には猛烈な艦砲射撃による援護のもと、五十四万の連合軍が沖縄本島への上陸を開始した。

これに対し、海軍は沖縄の地上戦を支援するために「天一号作戦」を発動し、戦艦「大和」、軽巡洋艦「矢矧」その他駆逐艦八隻が水上特攻部隊として沖縄方面をめざしたが、四月七日に敵艦載機による波状攻撃を受け、沖縄にたどり着くことなく「大和」「矢矧」、駆逐艦四隻を撃沈され、聯合艦隊は壊滅した。

一方、海軍は基地航空隊に菊水作戦を発動した。敵機動部隊、上陸部隊に対し航空機による大規模な反撃を実施したが、その主力は特攻による攻撃だった。

三四三空は特攻機の進路上の敵機を効果的に掃討・制空するため、四月八日に松山から鹿児島県の鹿屋基地に進出していた。鹿屋は当時、特攻の発進基地として零戦、艦爆、艦攻、陸攻などが多数集結していた。

チャンス・ヴォートF4Uコルセア

四月十二日、菊水二号作戦が発令されて午前十時四十五分、菅野大尉指揮の紫電改四十二機が区隊ごとに順次、四機編隊のまま鹿屋基地を発進した。菅野大尉直率の第一区隊の二機と、私の第二区隊の三番機宮沢二飛曹、四番機田村飛長がそれぞれ機体の不調で引き返したり出発取り止めとなったため、菅野大尉、杉田上飛曹、笠井、三ツ石幹雄二飛曹（丙十七期）の四機で第一区隊を組んだ。

天気は快晴、上空で大きく旋回をして待つ私の第一区隊に各区隊が追いつく。高度六千メートルまで上昇し、眼下に大隅半島、薩摩半島、屋久島などを一望におさめながら、堂々たる編隊飛行で南下した。

十二時五十分、喜界島上空に達したところでわれわれは左前下方高度三千メートルに敵編隊を発見した。三月十九日の迎撃戦に行けなかった私にとって、このときが紫電改での初陣となった。敵は約五十機からなるグラマンF6FとF4Uの戦闘機の編隊だった。

「アラワシ　アラワシ（全機へ）、敵機発見、敵機発見、左下方三〇度、菅野一番」と言うやいなや、増槽を落として菅野大尉機がピューッと六機ほどの敵編隊に後上方から矢のように猛然と突っ込んでいき、われわれも必死についていった。私は緊張はしていたものの、加速性能、空戦フラップなどの紫電改の性能の良さを信じ、零戦とは違ってグラマンにまったく負ける気がしなかった。

最初の一撃で菅野隊長機は敵の四番機をたちまち撃墜し、落下傘が開いた。このあと機を引き起こすと、上空から別の敵機の群れが襲ってきた。それを見た杉田機はすぐさま切り返して降下していき、私はついていった。すると、グラマンが照準器にぴったり入っていた。「しめた！」と私は編隊を組んでいることを忘れて、逃げる敵機を格闘戦で追い詰め、後ろを振り向く相手の顔が見えるほどに接近した。レバーの機銃発射把柄を左手でぐっと握り、敵機の後上方から「ドッ、ドッ、ドッ」という撃発による射撃の反動を感じながら二十ミリ機銃四梃を同時に撃ち込んだ。二、三連射目の曳光弾がグラマンに吸い込まれていき、あっという間にその機はエンジン付近から黒煙をぶわっとはいて墜ちていった。

「やった！」

しかし、杉田兵曹の機がどこにも見えない。私は区隊からはぐれてしまった。杉田兵曹にあれほどするなと言われていた深追いをしてしまったのだ。そして、周囲は敵機ばかりになっていた。

そのあと、下方にグラマンの三機編隊を発見し、私は急降下で一番機に襲いかかった。右旋回して逃げていく敵機に後上方から食らいついて軸線に入れる。敵機影が右に振れ上に振れてはどんどん大きくなっていく。機銃把柄を引いて五、六連射すると弾が翼や胴体につぎつぎに命中して炸裂し、敵搭乗員が後ろにのけぞるようにしたのが見え、煙をぱっとはいて墜ちていった。そのころには敵味方入り乱れての激しい乱戦になり、煙を引きながら何機も海に墜ちていくのが見えた。

私は首尾よくグラマンを二機撃墜したあと、さらに逃げる二番機めがけて掃射しようと引き金を引いたが、弾が出ない。するとこんどは別の敵機が空戦を挑んで背後から追尾してきた。私は単機でフルスロットルのまま海面近くまで下りて、執拗に追いかけてくる四機のグラマンを振り切ろうとした。攻撃されたら敵に体当たりするほかないと覚悟した。四機のうち二機は途中で引き返していったが、残りの二機は執拗に追ってきた。基地の近くまできたら、紫電改が上空哨戒中だったので、それを見たグラマンはようやくあきらめて南方へ引き揚げていったので助かった。燃料計もゼロを指していた。

基地の指揮所に着いてさっそく、源田司令と志賀飛行長に対し戦果を報告した。

「笠井上飛曹、帰りました、二機撃墜！」

するとそれをそばで聞いた杉田兵曹が、

「笠井、もう一度言ってみろ」

「二機撃墜です！」

「笠井、お前二機墜としたと言うけれども、海なり山なりに墜落をしたのを確認したのか？」

「いえ、確認しておりません」

「それは撃墜ではない！　不確実撃墜だ！　それと貴様、編隊離れやがって！」

杉田兵曹は言うやいなや、めったに人を殴らない人だったが、二、三発顔を殴られた。「今日まであれほどお前たちに教育してきたことをなぜ守らなかったのか！」と。

空戦で敵がたくさんいて、追っかけたり退避したりするうちに離れてしまったのだが、仕方がなかったではすまない。どんなことがあっても編隊についていかなくてはならないのだ。

この日の『綜合戦果』にF6F二十機（内二機不確実）撃墜、F4U三機（内一機不確実）撃墜という海軍の公式記録が今日まで残っているが、「F6F二機不確実」撃墜とは私の記録だ。

杉田上飛曹の戦死

鹿児島県喜界島上空での空戦から三日後の四月十五日、鹿屋基地ではわれわれの第二区隊四機が朝から即時待機別法で機上待機をしていた。

そこへ電探見張り所から、「敵編隊、佐多岬の南東十カイリを北進中」「敵、佐田岬上空」とつづけて緊急通報が入り、源田司令は即時発進を命令した。杉田上飛曹と三番機の宮沢二飛曹は試運転もそこそこに猛然と砂ぼこりを上げ、杉田上飛曹は後ろを振り返り上空を指さしながらフルスロットルで滑走をはじめた。

しかし、すでにF6FとF4U七、八機は鹿屋上空に達しており、ロバート・D・ウェザラップ少佐（『源田の剣　改訂増補版』より）を先頭に基地後方から急降下してきた。

私と田村飛長も「チョーク（車輪止め）外せ！」と急いで前腕を開いて合図したが、整備員は退避して近くにだれもおらず、仕方なく自分で車輪止めを外すために操縦席から降りかけたそのとき、ウェザラップ少佐が放ったロケット弾が私の飛行機の至近に飛んできて炸裂した。翼には大穴があいて大破し、燃料がこぼれ出した。

杉田一番機は離陸直後、二十メートル上昇したところで突っ込んできたウェザラップ少佐の機銃掃射を受け、薄く煙を吐きながらぐらりと傾き、翼を裏返して滑走路の先に墜落、火の玉となった。信じられない光景だった。その様子を大破した紫電改から転がり出て、逃げながらも目で追いかけていた私は、「杉田兵曹！　あーっ」と声にならない叫び声をあげていた。私は、もっとも敬愛する上官を目の前で喪失し、呆然となっていた。

つづいて宮沢三番機に目をやると、離陸後そのまま急加速して真っすぐに逃げればよかったのだが、彼は逃げずに杉田機の墜ちた場所を飛び越え、敵機に向かうために左旋回したところでグラマンに掃射され、火を噴きながら鹿屋市国立療養所の庭に墜落、戦死した。その後も敵機は超低空からしばらく基地に銃撃を行ない、南へ去っていった。田村飛長は二番機の私が上空に上がれなかったので飛べず、無事だった。

あとで聞くと、基地の上空に敵機が姿を現わしたので、指揮所から「離陸中止、退避せよ」の命令が出たそうなのだが、私は未だに納得していない。あの日、離陸中止の赤旗は見なかった。中止命令は列線の搭乗員が認識できるように伝令が滑走路に出てきて赤旗を振るのだが、あの日、そのような赤旗を私は断じて見ていない。

敵機が去ったあと、医務室の衛生兵が杉田兵曹の墜落したところまで行って、遺骸を車で運び箱に寝かしていた。すると、源田司令がそれを見て、顔色を変えて衛生兵に言った。

「この遺体はだれだ！」

「杉田兵曹です」

源田司令はそれを聞いて、

「杉田みたいな人間の遺体をこんなところにほったらかしにするやつがあるか！」とすごい剣幕で怒ったそうだ。杉田上飛曹はそれまでの武功に対し、二階級特進で海軍少尉が全軍布告された。

杉田兵曹はだれかが悪口を言おうものなら殴りかかるほど、上官の菅野大尉に敬愛の念を抱いていた。そして同時に大変な部下思いでもあった。彼は技量抜群でかずかずの武勲をたてながらも自分の手柄話はまったく口にすることがなく、山本長官機の直掩をつとめたことを私が初めて知ったのも、戦後に書物を通じてだったほどだ。

いまでも、あの細いやさしい目で、「おい、愛する列機来い」と呼ばれそうな気がする。じつに立派な、尊敬すべき戦闘機搭乗員であった。

五度目の不時着。右足骨折で一時離脱

杉田兵曹、宮沢二飛曹戦死二日後（十七日）の〇七〇〇、『菊水三号作戦』に呼応して喜界島方面の制空のために計三十四機が鹿屋基地を発進した。

私の紫電改は離陸直後にエンジンが止まって飛行場のエンドにあった小山に激突、一時意識不明となり、人生五度目の不時着をした。そのときの衝撃で、いまでも右足首と膝の具合はよくない。

足の骨折により肝心のフットバーが踏めなくなり、まともな操縦ができなくなったので、霧島の海軍療養所に治療に行くことになった。このとき、源田司令と志賀飛行長が缶詰をもってお見舞いに来てくださり感激したのを覚えている。

療養所の軍医長は、たまたまフィリピンでもお世話になった副島泰然軍医大尉で、「笠井兵曹はとにかく温泉に入って自分で足を揉め」というので、言われたとおり風呂から上がって旅館の部屋にもどり、足を揉んでいたら、窓の外に紫電改が国分基地（鹿屋は我が警報網との距離が短いうえに、草地を広く使って行なう戦闘機の編隊離陸ができないという不都合があり、私が不時着した日に三四三空は鹿屋から国分に移動していた）から沖縄方面へ向かって飛んでいくのが見えた。悔しくてたまらなかった。

「ああ、俺も行きたい！　一緒に戦いたい！」という一心だった。そこで副島軍医長に、「退院させてください！」と言うと、「いや、駄目だ、まだまだ駄目だ」と。別の日も、また別の日も何回頼んでもやはり「駄目だ！　駄目だ！」と言われた。

ある日、いつものように退院をせがむと、副島軍医長はこう言った。

「おい、そんなに早く退院しないと何か具合がわるいのか！」

「はいっ、技量が低下します。空中戦の技量が低下します！　早く退院させてくださ い！」

「……そうか。お前がそこまで言うんだったら退院させてやる」

こうして強引に退院が許された。

この副島軍医長にはフィリピンのレガスピー基地にいるときも、「搭乗員は疲れているから、みなに注射してやろう」と言って、搭乗員だけこっそりブドウ糖を注射してもらったことがあった。戦後もご健在で、雲仙で病院を開業されているところを偶然にお会いしたこともあった。情に厚い軍医長だった。

昭和二十年五月末、帰隊するために長崎県大村基地（国分では敵襲に対応する時間的余裕がまだ十分ではないとの判断により、三四三空は四月三十日に第一国分基地から長崎県大村基地に移動していた）本隊に電話をしたところ、富永要務士（少尉）が大村から私を迎えに来てくれて、汽車でもどることになった。

基地到着後、菅野大尉に帰隊報告に行ったところ、「おう笠井！　帰ってきたか。よし、じゃあいっぺんお前、そこ走ってみろ」と言うので走ろうとしたが、足が痛くてまともに走れない。

「お前なんだ、走れないのか。そんな足の悪い奴が飛行機乗れるか！」と言われ、こんどは雲仙の小浜病院という、温泉付き施設の湯治にふたたびもどされることになってしまった。

終戦十四日前、菅野大尉未帰還

六月に入ってしばらくすると、ようやく足の痛みも治ってきたので部隊にもどり、ふたたび紫電改に乗ることができた。そのころ、哨戒中に熊本・阿蘇の上空で私と田村恒春二飛曹は、硫黄島から来たＰ51二機と空戦になった。しかし、彼らは絶対に単独の格闘戦は挑んでこなかった。編隊で上から「ダーン」とつっこんできて一撃し、さっと去っていく。

戦後、「おい田村、あのときは急いで追いかけて弾を撃ったけど、相手の逃げ足が

P51ムスタング

速すぎて全然当たらなかったなあ」と、おたがい苦笑しながら話をしたものだ。一方的に一撃され、離れて行ってしまうのであれば勝負にならない。

七月にはいると、燃料の備蓄も潤滑油などの物資も窮乏し、本土決戦用に残りを温存するということで、敵機が来襲してもまともに邀撃ができなくなっていた。部隊は敵襲二回に一回、あるいは三回に一回しか迎撃に上がれなくなった。

私はあるとき、出撃から帰って整備員に、

「このエンジンは馬力が出ないので調べてくれ」と言ったら、

「燃料が不足し、今日は松根油を混ぜた」という返答だった。プラグは汚れるし、排気温度は上がるし、エンジン性能はがた落ちになっていた。

七月二十四日には五百機にのぼる敵戦爆大編隊が呉を中心に大規模な空襲に来た。この大編隊に対峙できる三四三空の可動機は二十数機、とても真正面から挑むことはできないため、源田司令は母艦に帰投する特定の編隊に攻撃を集中させる策をとった。この日の豊後水道上空での空戦で戦闘七〇一隊長鴛淵孝大尉（戦死後少佐）、武藤金義少尉（戦死後中尉）ほか四名が未帰還となった。

なお、同日には北九州方面にB29が爆撃に来た。そのころには日本の迎撃戦闘機がほとんどいないから敵機は爆撃精度を上げるために高度六千メートルくらいのところを悠々と飛んでいた。

一矢報いてやろうと、鴛淵大尉指揮の本隊から私をふくめた一部の区隊は分かれ、B29の邀撃に向かったが、爆撃機のくせに逃げ足が速くて追いつけず、「こんちくしょう！」と悔しい思いをした。追いかけているうちに燃料もなくなり、結局、鹿児島県の出水空に降りて燃料を入れ、大村に帰投するような始末だった。

そんなときだったが、大村基地の近くの山に航空隊が隠しておいた百オクタンのドラム缶が出てきたので、私はつぎの出撃の際、その燃料を入れて紫電改を操縦した。百オクタンで戦時中に紫電改を操縦した経験を持つのは私だけだ。燃料の質が違うので、馬力があってスピードが明らかにいつもよりも出る。

戦後、志賀飛行長にもそのときの話をすると、日本で使われていた燃料のオクタン価は通常八十五から良くても九十ていどの低性能油だったそうだ。この差はそのままエンジンの性能に影響をあたえた。

その日は喜界島まで編隊を組んで行ったが、残念ながら会敵せず、燃料の性能を空戦には活かせずに帰投した。

七月にはこうして飛行機や燃料だけでなく、ベテラン搭乗員の多くも戦死していなくなり、気鋭ではあるが実戦経験の少ない若い搭乗員がたくさん転勤してきた。予備学生十三、十四期、甲飛十二期、特乙一期〜三期の搭乗員の人たちだ。なかには編隊飛行もまともにできない人もいて、精強だった三四三空の戦力低下は明らかだった。

八月一日、最先任の隊長となっていた菅野大尉は敵機北上の報により紫電改二十数機を率いて邀撃に上がった。しばらくすると屋久島西方に旋回しているB24の編隊を発見。隊長は「全機、突撃せよ!」と無線電話で伝え、わが編隊は一斉に増槽を落とした。

菅野隊長はヤップ島でさんざん対峙した、見慣れた機体に向かって直上方攻撃で率先急降下しながら引き金を引いた。すると、左翼の二十ミリ機銃が筒内爆発して操縦が思うようにいかなくなった。

私はこの日の出撃はなかった。当日、第二区隊長をつとめた堀(三上)光雄飛曹長(戦後、全日空機長・乙飛十期)はつぎのように証言している。

『（菅野大尉は）一撃をかけて敵の後下方の射距離外につき抜けた。私（堀飛曹長）が急降下の途中、「ワレ機銃膅（筒）内爆発ス、ワレ菅野一番」と電話が入った。（中略）隊長は指先でB24の方向を示した。いうまでもなく、「俺にかまわず敵を追え。攻撃第一だ」という意味だ。私は二、三度軽く頷《うなず》いてみせたが、依然として二番機の位置を離れなかった。（中略）隊長は飛行眼鏡の中からきっと私を睨み付けている。完全に怒りだした表情である。私は、少し前、大村の料亭でいくらか酒の入った隊長が、どこかの隊の軍医少佐と口論をはじめ、ついにポカポカ殴りはじめた様子を思い出した。（中略）私はバンクをしながら目礼を送ったら、怒った隊長の顔が和らいだ。思えば、このときの隊長の顔が最後となったのであった』

基地に残った私は南の空を見上げながら、菅野大尉はどこかで不時着でもしていて、かならずそのうちひょっこり帰って来るはずだと祈った。しかし、終戦まであと二週間、菅野隊長はそのまま未帰還となった。

菅野大尉のこれまでの功績に対し、二階級特進で海軍中佐が全軍布告された。故菅野中佐はいつも指揮官先頭で勇猛果敢、そして部下思いの素晴らしい上官だった。

大戦末期、一年間の凝縮された期間に私は菅野大尉、杉田兵曹という上官に恵まれ、その下で戦いつづけられたことは、私の人生にとって最大の誇りであった。

大村湾越しに見た原子爆弾のきのこ雲

昭和二十年八月九日、燃料不足と機材整備のために邀撃に上がれなかったので、飛行長、隊長、分隊長をふくめた搭乗員数名で長崎県大村基地の裏の松林の山に、休養をかねて登山訓練に行った。

すると、だれかが、

「空襲！」と叫んだ。見るとＢ29が一機上空に来ていた。「なんだ、単機か」と思っていると、大村湾の対岸の長崎市方面からものすごい閃光と、つづいて大きな雲が湧き上がってくるのが見えた。

「うわぁ、あれ、きのこ雲やないか！」

それを見た志賀飛行長が、

「全員、木の陰に隠れろ、太陽に身体をさらすな！　急げ！」と叫んだ。その数分後に爆風が大村までやってきて、飛行服がぶわあっとふくらんだ。

「すごい雲やったなあ、あれ、なんの爆弾やったんやろか」

「爆撃で長崎のガスタンクが爆発したんと違うか」など、いろいろなことがささやかれた。

基地に帰ると、三日前に広島でもこれと同じような新型爆弾が落とされたことを聞いた。

B29爆撃機

夕方、山あいにある三角屋根の長いバラック兵舎、通称「三角兵舎」にもどる途中、国鉄大村線竹松駅のプラットホームにあふれんばかりの負傷者が寝かされているのを見た。大村には大きな海軍病院があったので、原爆の負傷者が長崎市内から汽車で送られてきていた。一度には病院に運べず、駅のプラットホームにむしろをひいて寝かされていたのだ。

凄惨な光景だった。負傷者は「お水ください」「痛いです」「苦しいです」という声をだしていたが、われわれにはどうすることもできなかった。水を飲ませると死ぬと聞かされたので、それすらもできなかった。なす術もなく、われわれはそのまま兵舎に帰らざるを得なかった。

戦後の話では、あそこに寝かされていた負傷者の大半は学徒動員の生徒だったそうだ。

長くて広いプラットホーム、そこが負傷者でいっぱいになっていた……。

第四章　戦後の日々

「日本が戦争に負けた？」

昭和二十（一九四五）年八月十五日、大村基地は朝からとても暑かった。

「あす飛ばす紫電改を試験飛行してくれ」と頼まれたので、私は昼前に離陸した。試験飛行が終わり、機を降りると基地の雰囲気がいつもと何かが違う。整備員に尋ねると、

「日本が戦争に負けたらしいですよ！」とのことだった。

「はあ？　日本が戦争に負けた？　何を馬鹿なことを。そんな、負けるはずがないやないか」たしかにアメリカは手ごわい相手だと感じていたが、日本が負けたなどということはまったく信じられなかった。

翌八月十六日、源田司令が訓示のときに、

「どうやら本当に戦争が終了したらしい。俺は天皇陛下の真の御心を確かめるために東京へ行く」と言ってみずから紫電改に乗り五航艦司令部まで飛んで行った。

八月十九日、源田司令は東京から帰ってきて、総員集合がかかった。司令はこう話した。

「陛下の大御心を聞いてきた。これ以上戦争をつづけたら日本は滅びてしまう。だから戦争はやめるということを御自らおっしゃっている。重臣たちが陛下をそそのかしたものではない。厚木の航空隊では謀反を起こすというような話も聞いたが、三四三空の源田部隊は絶対にそのようなことは許さない。搭乗員はみな、おとなしく故郷へ帰れ。帰って祖国再建のために立ち上がって欲しい。ただし、もし俺と一緒に死んでくれるという者がいたら、今晩十二時に司令室に集まれ」

司令の訓示のあと、同期生六人で今後の身の振り方について話し合った。

「おい、どうしよう」

「戦争は終わったが、みな一緒に死ぬべきか、それとも田舎へ帰るべきか」

真夜中、決断の時間が来た。最終的に意見はまとまらず、個々の判断となり半分の三人は田舎へ帰る、と言った。私は、「そうか、田舎に帰るやつは帰れ。俺たちは司令のお伴をするから司令室に行く。これで貴様らともいよいよ最後だ」と別れを告げ、私は佐藤精一郎、宮本芳一とともに司令室を訪ねた。源田司令は拳銃を持って司令室に集まったわれわれ三人にこう言った。

「そうか、貴様らは俺と命をともにしてくれると集まってくれたのか。お前たちに感謝する！　しかし、下士官はみな若い。お前たちは故郷へ帰れ！　俺と一緒に来ることはない！」

こうして行動をともにすることは許されなかった。そして、「お前たちには再度のお召があるから、そのときまで体を大事にしてそれぞれの地元にて待機せよ。よもや勝手に死のうなどと思うな。その上でお召があったらかならず来るように！　それまで神妙にして待機せよ」とつけ加えた。

部屋を見ると四十人くらいの隊員が集まっていたが、海兵出身の士官がほとんどで、残りは特務士官と准士官。われわれ三人以外、下士官・兵はいなかった。

実際には集団自決は行なわれず、「この集合は、将来何らかの作戦を立てたときのために、死を賭して忠誠を誓ってくれる人間をあらかじめ選別するためのものであった」と源田司令みずからが後年明らかにした。それから二日ほど大村基地で待機したあと、私は復員列車を乗り継ぎながら帰郷の途についた。

私の三四三空での総出撃回数は途中で怪我をしたこともあり、全部で四回にとどまった。そのうち三回は喜界島上空まで飛び、二回は会敵することなく引き返した。残りの一回は北九州上空のＢ29邀撃戦だったが、発進するのが遅くて射撃には至らなかった。その他、哨戒中にＰ51や大村湾のＰＢ２Ｙ飛行艇などと空戦となったことも幾度となくあった。

後日、志賀飛行長に聞いたエピソードをふたつ。飛行長は残務整理と米軍受け入れのためにしばらく大村基地に残っていた。そのとき、米海軍戦闘機が大村へ着陸したので志賀飛行長が迎えにいくと、タイロン・Ｅ・パワーが操縦席から降りてきたそうだ。当時の映画俳優の第一人者だった。

もう一つは、昭和二十年十月十六日、武装を外した紫電改をアメリカに引き渡す空輸のときのこと。志賀飛行長、田中利男飛曹長（乙飛十一期）、小野正盛飛曹長（甲飛九期）の三人が操縦する、米軍のハイオクガソリンを入れマグネットを交換した紫電改三機が大村から横須賀に向かう途中、事前に示し合わせたとおりフルスロットルで飛んだ。そのあまりの速さに、監視の六機のＦ４Ｕは置き去りにされたということであった。この三機は米国に移送され、博物館に展示されて現在に至っている。

復員――「智一の幽霊がでた」

私のような復員の人間でぎゅうぎゅう詰めの汽車に乗って実家に帰る途中、見ず知らずの応召の兵隊が文句を言ってきた。戦争に負けてもなお、私が二十歳にも満たない歳で上飛曹の階級をつけていたのが気に入らない様子だった。みな、敗戦のくやしさや腹立たしさをどこにぶつけて良いのかわからなかったのだろう。

そのときは私も気が立っていたので、腹に据えかね「何だ、この野郎!」と殴ってしまった。

神戸の元町、三宮の駅に汽車が停車したので景色を見渡すと、ついの間、千歳から徳島に転勤したときに車窓から見た街の風景とはうって変わり、摩耶山の麓から海岸まで建物がなくなっていた。同じ街とは思えないほどに焼け野原となっていて、日本の都市はそれほどまでに徹底的にやられていたのか、と私はそのとき初めて思い知った。

八月二十三日、ひさしぶりに実家にもどった。

「ただいま帰りました」と家の玄関に入ると、突然帰ってきた三種軍装姿の私を見て、おふくろも、家の者もみな、目をまるくして、腰を抜かさんばかりにびっくりしていた。母は私がとっくに戦死したと思っていたので、「智一の幽霊がでた」と思ったそうだ。挨拶をすませたあと、私は裏の井戸へ行って水を何杯も何杯もがぶ飲みした。

私は戦争でよほど気が荒《すさ》んだ顔つきをしていたのであろう、のちに母から、「あんたのあんな怖い顔、見たことがなかった」と言われた。

私の実家は田舎で、幸い爆撃を受けることはなかった。農家なので米も野菜もつくっており、当時の都会の人々のように食べることに不自由することもなかった。母が、「好きなだけ食べたらええ。せやけど、よそに行って白いご飯食べた、何々食べたなどと、絶対に言ったらいかんで！」と私に言って聞かせた。意味はよくわかった。

残念なのは、大村から持って帰った拳銃、軍刀などの荷物を進駐軍に没収されるかもしれないと、母が心配して家の前の竹藪に埋めたが、直後に台風が来てすべて流されてしまったことだ。その中には予科練以来、ずっとつけていた日記もふくまれていた。

生コン工場で定年まで勤める

「元戦闘機乗り」では戦後つぶしがきかず、実家の農業の手伝いをしたり、山林の剪定に行ったりする日々を過ごしていたところ、親父が、

「お前、足の具合が悪いから百姓仕事はつらいやろ。兄が勤めにいってる地方事務所に行け」と言って、復員した兄が当時課長をしていた兵庫県の篠山地方事務所で公務員の仕事に就いた。

しばらくたってから、こんどは親父の世話で大阪窯業セメント株式会社（のちの大阪セメント、現・住友大阪セメント）に入社が決まった。昭和二十二年春のことだった。

大阪市大正区の大運橋に会社の工場があり、私は近くの会社寮に入れてもらった。工場には長さ八十メートル、直径三メートル五十センチの巨大な回転窯があって、その中でバーナーでセメントの原料の石灰、鉄分、銅などを焼成して中間製品となる「クリンカ」という塊を製造していた。その塊をミルという粉砕機で粉末にし、十キロや二十キロずつ袋に詰めて出荷した。私は技術を一から勉強して工場で働いた。

昭和二十七年には知人の紹介で、四歳年下で同郷篠山出身の妻と結婚して近くの社宅に移り、その後、長男、長女、次男の三人の子供に恵まれた。

昭和二十九（一九五四）年、自衛隊法が成立して陸・海・空の自衛隊が発足した。戦後編成された「保安隊」が陸上自衛隊に、「海上警備隊」が海上自衛隊にそれぞれ

引き継がれたが、航空自衛隊には主たる母体がなく、陸と海から基幹要員を配置転換しつつ、同時に一般からも隊員を募った。

昭和三十年、航空団司令に着任した源田司令から私は航空自衛隊に誘われたが、ちょうどそのときに家内が二人目の長女を妊娠しており、すでに長男も生まれていたことから、

「飛行機乗りだけは、お願いですからやめてください！」と懇願された。家内の従兄の小畠弘氏は特攻隊員として沖縄戦で戦死していた（前述）。私がせっかく戦闘機搭乗員で奇跡的に生存していながら、なぜまた生命の危険を感じる戦闘機乗りになるのか、と不安がつのったに相違なかった。

空に対する未練はあったが、私は家内の意見を受け入れ、会社勤めをつづけた。大阪工場から堺工場、向日町の生コン工場、神戸の長田区の生コン工場長、横浜の工場長として定年になるまでずっと工場の現場勤めだった。その後、奈良・吉野にある子会社の生コン会社に出向し、六十五歳まで勤めた。

ヤップ島訪問、不時着機と対面

昭和四十五（一九七〇）年のある日、乙種十八期出身の中川光男氏というカメラマ

ンが私に電話をかけてきた。

「笠井さん、あなたヤップで空戦やって墜とされたんですって? じつは、ヤップの海の中に零戦が一機沈んでいるのが発見されました。調べたら搭乗員はどうもあなたのようなので、それ(機体)を日本に持って帰るためにあなたにも一緒にヤップへ行ってもらって、酋長に会って頼んでもらえないだろうか」

私は承諾して、ある民放テレビ局の番組取材に同行するかたちで、戦後初めてヤップ島を訪問した。ひさしぶりにグアム島で一泊し、そこから定期便に乗り継ぎ、ヤップ島で降ろしてもらった。

平和な空と海がもどっていたヤップ島の飛行場跡地には、強烈な日差しの下、破壊され赤褐色に錆びボロボロに朽ち果てた零戦、九九式艦爆、彗星、ダグラス輸送機などの残骸がいっぱい残っていた。かつて指揮所や待機所があった場所には雑草が生い茂っていた。その光景を見ながら、激闘を一緒に戦った戦友たちの顔が走馬灯のように浮かんでは消えた。菅野さん、同期生の富田、松尾、内田……。当時歌っていた文句が口をついて出た。

「海鷲だより」

愛機との再会を果たした著者

あの隊長も　あの戦友《とも》も
壮烈《そうれつ》　空に　散ったのに
不覚《ふかく》や俺は　まだ生きのびて
椰子《やし》の葉蔭で月に泣く
戦友《とも》を　思えば　この胸も

そして、旅の目的だった零戦だが、現地の人にいかだをつくってもらって現場まで案内してもらうと、まさしく私が撃墜されて不時着したときの飛行機だった。いまや南国の小さな魚の棲みかとなった零戦の尾翼には、かすかに「63」という朱文字が確認できた。胴体着水したあの日の記憶がまざまざとよみがえってきた。

ところで、現地の人にいかだをつくってもらって不時着機を見にいったと書いたが、驚いたことに、その人こそがまさにあの日、私を助け出してくれた人だった。あれから三十年近く経っていたが、「カァ、サァ、イー、カァ、サァ、イー」と私に言ってきたので本人にまちがいなかった。最初は現地の言葉で何のことを言っているのかと思ったが、何と私の名前ではないか！　再会できて嬉しかった。助けてもらったあの日に聞いていたのかもしれないが、彼の名前は「フルフェン」とのことだった。顔も名前もまったく記憶になかった。

しかし、彼はあの日のことも、私の名前も鮮明に覚えていてくれた。私の零戦が墜落して、そして島まで泳ぎついた一部始終を海端で見ていたと話した。不時着した零戦はいま、海岸から一キロくらい先のところにある。現在はペラ（プロペラ）が水面から出るくらいの浅瀬にあるが、本来はもっともっと沖に墜落し、長年の台風の影響で島のほうへしだいに寄せられ、いまの位置まで来たのだ、と彼は教えてくれた。

また、陸軍の駐屯地で怒鳴られたこともフルフェン氏は覚えていたが、なぜ怒られたのかはわかっていなかった。日本語がわからなくて幸いだった。私は「助けてもらったのに、本当に申し訳なかった」と、あのときのことをようやく謝ることができた。

日本に帰国後、この零戦を日本へ持って帰るのには最低二千万円が必要だとわかった。その費用を集めるため中川氏と一緒に新聞社を何社か回ってみたがどこも相手にしてはくれなかった。ならば、と厚生省（現厚生労働省）に行ってみると、「その飛行機が少なくとも日本人戦死者の遺品だと証明できないかぎり、国からは一円も援助することはできない」と言われた。生き延びた人間がここにいるから遺品としての取り扱いはできるはずもなく、残念ながら計画は中止を余儀なくされた。

現在、三菱重工名古屋航空宇宙システム製作所内の史料室に零戦が復元されて展示してあるが、あれはヤップ島に残されたいくつかの零戦の残骸をある人が私財を投じて個人的に日本に持ち帰り、部品を丁寧に一つ一つ組み立てたものだという。訪れる機会を得て私は感動した。許可を得てその零戦の座席にも座らせてもらった。

ひさしぶりに零戦の狭い操縦席に乗せてもらって懐かしかったが、当時と体格が変わったからなのか、「あれえ？　こんなところにメーター類がある……こんな感覚やったかいなあ、いや、ちょっと違う気がする……」というふうに違和感を感じた。

そうだ、離陸するときの姿勢（機の後方が浮いて水平な状態）と三角姿勢（主脚を出して地面に静止している状態）では操縦席の床の角度が変わるんだと気がついた。搭乗員はふだん離陸するときに操縦席の計器・装置関連を見るので、私は六十年ぶりに、無意識に離陸しているときの気持ちになっていたのだ。

日本ヤップ友好協会の親善使節団の一員として、二回目にヤップ島を訪ねたときは家内も同行し、ロボマン大酋長をはじめ島民の人々のあたたかいもてなしを受けた。

妻と椰子ジュースをご馳走になる

家内と一緒にフルフェン氏の家も訪問した。彼とは直接話は通じないが、奥さんは日本の委任統治のときに学校で日本語を勉強していて、日本語がよく理解できた。

フルフェン氏はかつて奥さんのところで働いていたが、善く働くということで認められて奥さんと結婚ができたようだ。フルフェン氏と私や家内との会話は奥さんが全部通訳してくれたので不自由はなかった。ヤシの実のジュースを飲んだり、バナナの葉の上に盛り付けられたタロイモなどを食べたり、棒踊りを鑑賞したりして三日間を楽しく過ごした。

この訪問のときも、家内とともに不時着した零戦のところまでフルフェン氏にいかだでつれていってもらった。私の零戦は環礁内の浅瀬にあり、満潮になったら完全に海に沈むが、干潮になると一部が水面から出てくる。私は水面に現われた尾翼の一部をちぎって日本へ持って帰った。いまもそれを大事に持っているが、手にするたびに零戦とはこんなにペラペラで軽かったのかと再確認する。

昭和四十七年、二回目の訪問の後しばらくして、こんどはフルフェン夫妻が来日したので、私の家に来てもらうことにした。ヤップ島のロボマン大酋長以下何人かを、日本ヤップ友好協会が日本に招待したのだ。

大酋長のために家内に浴衣をつくらせて、私は命の恩人に東京まで会いにいった。そこで大酋長にぜひにと頼んでフルフェン夫妻を日本に残してもらい、自宅に案内することにした。

新幹線に乗ったら、フルフェン氏は窓の景色が興味深いようで外ばっかり見ていた。大阪までは三時間やぞ、と言っても聞く耳もたず、新幹線が走りだしてすぐに「オオサカマダカ?」と。また十分たったら「オオサカマダカ?」。大阪のような大都会も彼らにとっては珍しい。自動車はあるわ、電車はあるわ、人の数はすごいわで、とにかく何もかもが珍しいようだった。

私は仕事があったので日中は家にはいなかったが、私の実母、家内の母と家内がフルフェン氏の奥さんに巻きずしの作り方を教えたり、裁縫したりして、日本の日常生活を体験してもらったそうだ。家内と奥さんとは偶然にも同い年で女同士気が合って、とても楽しい時間を過ごしたとのこと。そのときに二人からもらった貴重なウミガメの甲羅はいまでも大切に家に飾ってある。腰蓑も「カサイにプレゼント」と、たしかにもらったはずだが、どこかに仕舞いこんでしまった。

ヤップにはヤシの酒しかないので日本酒を飲んでもらった。らっぱ飲みをしようとするので、日本流の飲み方を教えると口当たりがよかったのか、「おいしい、おいしい」と何杯でも飲んだ。酔うと、靴を履かず真夜中に裸足で一人出ていき、帰ってくると布団には入らず、グデーンとそのまま床に横になっていた。

「靴を履きなさい」と文句を言うと、「いやいや、ちゃんと靴を履いて出た」と言う。いや、そんなことはない。廊下に土のついた足跡がいっぱい残っていた。

奥さんも日本語は知っていたが、来日は初めてだったので、旅行を楽しんだようだった。十日間ほど滞在してもらって帰国の日、文房具をたくさんおみやげに渡して見送ったが、二人ともヤップ島までちゃんと帰れるかどうか非常に不安だったので、航空会社の人に、「この人たちをヤップ島まで無事とどけてほしい」と今一度、羽田空港で頼んだのを覚えている。

杉田いよさんを求めて

昭和五十二（一九七七）年七月二十三日、志賀飛行長ほか世話人の尽力により、三四三空合同慰霊祭が靖國神社でしめやかに挙行された。六十名の御遺族を先頭に生存隊員など百四十五名がつづいて昇殿参拝、英霊となった隊長や戦友たちとの対面に万感胸に迫るものがあった。退下後、正面鳥居にて記念撮影を行ない、その後、参列者は九段会館に移動した。

海上自衛隊音楽隊による勇壮な軍艦マーチにつづいて遺族紹介などがあり、御年七十二歳の源田司令（当時は参議院議員）の挨拶がはじまった。司令は挨拶のなかで、三四三空くらい戦《いくさ》がやりやすかった部隊はなかったこと、搭乗員が大きな戦果を挙げた陰では整備員の人たちが灯火管制のもとで懐中電灯の明かりを頼りに真夜中まで整備をつづけていたこと、通信、工作その他いっさいの人々が自分を捨ててお国のために働いたことなどを切々と語った。

挨拶が中盤となり、搭乗員の武勲を称えながら、

「本日、ご遺族の方々のお顔を……お顔を見ておると……」としばし絶句のあと、「私が……もっとしっかりしておれば！　……これほどの犠牲を払わなくてもすんだと思うのです。……まったく、自責の念でいっぱいで、なぜもっとしっかりしなかったのだ源田は……たとえば杉田庄一君！　私の危機感がもっと早かったならば、彼だって殺さなくてすんだ……」と、隊員の名前をつぎつぎに出しながら指揮官としてのお詫びの言葉をつづけた。私は最初に杉田兵曹の名前を聞いたところで感動その極みに達したのだった。

ところで、この慰霊祭に杉田兵曹の遺族が不在だと気づいた。志賀飛行長に理由を尋ねると、遺族の連絡先がわからなくなっているとのことだった。ただし、母堂の名前は「杉田いよ」で、新潟をはなれて大阪府豊中市のとある町内に住む息子の家に身を寄せているらしい、というところまでは判明している。だから笠井、大阪に帰ったらぜひ訪ねてくれ、とのことだった。

帰阪後、さっそくその町内をしらみつぶしに幾日か歩いたが、杉田の名前は発見できなかった。盆の中日の八月十五日、終戦のあの日と同じ蝉しぐれの中で「今日こそは杉田兵曹が会わせてくれるはず！」と勢い込んで歩きはじめた。

夕方近くになり、「今日も駄目か……」と汗をぬぐいながら、あるタバコ屋の店番

のおばあさんに、

「この辺りに杉田いよさんというおばあさんを知りませんか。理由は……」と尋ねると、

「杉田いよさんなら、ここから十数軒先向こうに住んでいるおばあさんとちがうやろか。ときどき軍艦旗を立てた車が来てるよ」とのことだった。

私の胸は高鳴り、お礼を言ってそのまま急いでその家の前まで行くと、表札には別の人の名前が書いてあった。私はおそるおそる呼び鈴を鳴らすと、老婆が出てきた。杉田兵曹の面影が宿るそのお顔を見て、

「杉田いよさんですか」と確信を持って尋ねた。

「はい、杉田いよです」

「私は笠井と申します。戦時中、ご子息の庄一様には戦闘機で大変お世話になった者です」と玄関先で言うと、細い目をさらに細くされ、

「さあ、どうぞ。中で話を聞かせてください」と、そのまま上がるよう促された。

私は杉田兵曹の力で生き延びることが出来たとお礼を言い、その後は、初めて杉田兵曹に会った日のことや、戦死されたときの状況、慰霊祭のことなどで話は尽きず、三、四時間があっと言う間に過ぎてしまった。再会を約し、別れ際に母堂から、

「息子の庄一がラバウルで負傷したときには、司令から丁重なお手紙をいただいた。なのに、戦死したときには何も連絡もない。内地で戦死したのに遺骨さえ帰って来ていない。いったいどうなっているのか」と苦言を聞いた。

戦死後の詳細を知らない私は返答に困った。つぎの日、私は、さっそく志賀飛行長に詳細を報告した。

志賀飛行長が源田司令に問い合わせて調査がはじまった。その結果、杉田兵曹の遺骨が鹿屋から発送されたことは確実だが、輸送途中、空襲等で行方不明となり、どこかのお寺で無縁仏になっているのではないかという結論になった。その後、想定されるルート上のお寺に志賀飛行長が順番に問い合わせたが、いずれもそれらしき遺骨はないという返答で、不明のまま今日に至っている。

翌年の昭和五十三（一九七八）年七月、相生高秀《たかひで》海将補（三四三空当時は副長・中佐、海兵五十九期）や志賀飛行長らの尽力により鹿屋基地の敷地内で慰霊訪問が実現した。基地司令や海自隊員の人たちから丁重に迎えられるなか、私は杉田兵曹の最期となった場所に母堂いよさんとご令弟をご案内し、線香をたむけて共に冥福をお祈りした。母堂は、「ようやく庄一の慰霊ができた。これで心が落ち着きました」と大変喜んでおられた。

南レクの紫電改

昭和五十三（一九七八）年十一月十五日、愛媛県南宇和郡城辺町（現・愛南町）久良湾の海底に「紫電改」が一機沈んでいるのが見つかり、テレビや新聞で全国的に報道された。そして、地元の人の目撃談により、その飛行機は昭和二十年七月二十四日に不時着水したものであることが判明した。この日の未帰還機は鴛淵大尉、武藤少尉、初島上飛曹、米田上飛曹、溝口一飛曹、今井一飛曹の六名だった。

翌、昭和五十四年七月十四日、六名の遺族と源田司令、志賀飛行長ほか生存隊員が見守るなか、愛媛県が手配したサルベージ船により海底の紫電改がゆっくりと引き上げられた。私もこのときに操縦席の様子を見たが、遺品も見当たらず、だれが操縦員であったかは今日まで不明のままとなっている。機体はこの湾を見下ろす山の上、愛南町の南レク内「紫電改展示館」に運ばれ、戦没六名の、そして三四三空全体の記念碑として現在も公開保存されている。

「新選組　ニッコリ笑へば必ず墜す　笠井智一」と刺繡された紫のマフラーは、この紫電改の横に展示されている。私のマフラーの端には刺繡で「沢田エミコ」と書いてあったので、私は戦後、お礼を言うために名前を辿ってその人を探していた。しかし、今井さんや刺繍を手伝ってくれた済美高等女学校の同級生にも尋ねてみたが、彼女の居所はわからなかった。

そして戦後五十年近くが過ぎ、沢田（熊本）さんが大阪から松山に帰っていたことを愛媛新聞の記者が捜し出してくれた。展示館を借りて毎年行なわれていた三〇一慰霊戦友会の会合で、私はついに彼女と会うことができ、ずいぶんと遅くなったが直接ご本人に刺繍のお礼を言うことができた。

この慰霊戦友会も寄る年波には勝てず、出席者が少なくなって平成七年に残念ながら中止となった。

平成26年、娘夫婦と紫電改展示館にて

平成二十六年十月にはウェーブ産経主催「紫電改見学ツアー」が若い世代の人もふくめ十八名の参加のもと実施され、私は案内役として娘夫婦とともに参加した。ひさしぶりに紫電改展示館を訪れた後、つぎの目的地である松山基地に移動した。

松山では地元の案内人が付いたが、その人は「松山基地」と「松山航空隊（予科練）」を混同し、現存する掩体壕についても詳細な状況は知らない様子だったので、当時の隊員が壁に書き残したものがある壕へ私があらためて案内した。

長い年月の間に戦争の記憶はどんどん風化し、事実が正確に伝えられなくなっていることを実感する旅になった。

ニミッツ提督生誕の地に翻る星条旗

レイテ沖海戦から六十年目の平成十六年九月十八日、アメリカ合衆国テキサス州のチェスター・W・ニミッツ提督誕生の地、フレデリクスバーグ市でニミッツ財団主催の「レイテ湾（沖）海戦シンポジウム（Battle of Leyte gulf symposium）」が開催された。米国ではレイテ沖海戦を現在でも「米国史上最大の海戦」と位置づけており、陸海軍および海兵隊の太平洋方面軍の総力をあげたこの戦に勝利したことで、大戦の趨勢が完全に連合国側に向いたと総括している。このシンポジウムに日本側の代表として出席するよう、私は零戦の会・海原会を通して依頼された。

私は英語もわからないし、いったんは断った。しかし、日本側にはレイテ特攻を実体験として知る者がもうだれもいないから、すまないが行ってくれとの再三の要請だったので、家内と長女にもつき添ってもらって行くことにした。われわれを散々な目にあわせたニミッツ提督の故郷がどういう所なのか、興味がないわけでもなかった。シンポジウムの会場となったフレデリクスバーグ高校の講堂に着くと、八百人分の席は陸海軍と海兵隊の退役軍人や歴史研究者、学生、テレビ局でいっぱいになっていた。

日本からの来賓として私は会場から温かく迎えられ、正面の対談席に通訳を帯同して座った。私はレイテ特攻を直掩したときの心情を英訳文であらかじめ用意しており、シンポジウムの冒頭、パネリストの一人だった海軍歴史家ジェームス・ホーンフィッシャー氏に代読してもらった。

『私の目の前で敵艦に体当たりを遂げた隊員たちが最後の瞬間に残した言葉は「お母さん」だったのではないか、と私は想像した。しかし、私は感傷的にはならず、明日は自分の番だ、との決意に満ちていた。そして米国のみなさんにぜひ知ってほしいのは、特攻隊員はただ純粋に国を守るため、家族を守るためを思いながら若くして散華していった、ということです』

講演が本題に入ると、レイテ沖海戦の結果がその後の戦況にあたえた影響について歴史家たちが議論したり、空母「セント・ロー」に特攻機が突入したのを空母「キトカン・ベイ」の艦橋から目撃していた元乗組員が、同艦の防空監視体制に対する疑問を投げかけたり、ハルゼーの戦闘指揮全般に対する問題提議をする者がいたり、戦闘終了後に米艦隊を直撃して大きな損害をもたらした巨大台風に関する情報をもとめる者がいたりと、会場の関心は高く、質問がたくさん出て大変な盛り上がりをみせた。

私に対する会場からの質問に、

「真珠湾攻撃に参加したのか？」とあったので、私は当時まだ中学生だったと答えた。つづいて、

「終戦まで特攻の直掩をしていたのか？」との質問に対して、私はレイテ戦の直後に内地へ帰り、終戦まで三四三空の戦闘機搭乗員として本土防空戦を紫電改で戦ったことを説明した。

すると、それを聞いたパネリストの米歴史家の一人が突然、

「帝国海軍の第三四三航空隊は源田司令が直率した精強なエリート部隊だった」と補足した。さらにつづけて私のほうを向き、

「笠井氏が日本の帝国海軍軍人として奉職し、戦闘機パイロットとして功績を残したことは六十年経った今も何ら色あせることはなく、心からの敬意を表したい」と私に言ってくれた。

私はそれを聞いて感無量だった。かつての敵国の地で私は満場の拍手を受けたあと、シンポジウム参加記念の楯をもらった。

シンポジウムの最後、こんどは私から、「一九四四年七月にヤップ島を爆撃したことのある人が会場にいたら手を挙げてほしい」と通訳を通して会場に質問したところ、二人の手が挙がった。シンポジウムのあとにその人とぜひ話をしようと思ったが、通訳の手配がうまくできずに残念な思いをした。

会場の外では、「オー、ゼロパイロット!」と言いながらアメリカ人が敬意と親愛に満ちた表情で私にたくさん握手をもとめてきた。私も相手の退役軍人たちに敬意を表し、握手を交わしていたら、年寄でもみなとても太い腕をしている。昭和十九年、グアムへ同期生の戦友たちと進出したときに使用した、元米軍兵舎の大きなベッドの最初の主たちだ。「こんな体の大きな兵隊たちと戦争したらそら勝てんわ」と私は強い印象を持った。

その後、会場の近くにあったアドミラル・ニミッツ・センター（テキサス州立ニミッツ提督記念公園）を訪れ、日本語の上手なガイドさんの案内もつけてもらった。園内には京都・竜安寺の石庭を模したような、真っ白な砂を敷きつめた枯山水の庭園が日本人の職人によってつくられていた。島が点々と浮かぶ太平洋を現わしたものであるそうだ。

また、ニミッツ提督が東郷元帥を崇拝していた縁で、日本から寄贈された東郷書斎（彼が使用していた官舎を模したもの）と日本式小庭園も設置されていた。センター内の博物館には東郷元帥の正装の油絵、「皇国の興廃この一戦にあり」の揮毫、Z旗なども解説つきで展示されていたが、順路にしたがって進んでいくと、太平洋戦線で日本が連合国にいかにして負けたのかといったことばかりの展示になったので、少々気分を害して見学するのを途中でやめ、町に出た。

フレデリクスバーグの町を散歩していると、星条旗とテキサス州旗が各家庭の軒先や商店などのビルの至る所に並んではためいていた。つき添いのアメリカ人のガイドさんに、

「きょうは祝日か祭日ですか？」と訊ねてみた。

「いや、そんなのとは違う。ここアメリカでは愛国心で国旗を常時掲げている。日本では国旗を掲揚しないのか？」

「あまりしません」

「だから日本は戦争に負けたんだ。日本は国のシンボルである国旗をもっと大事にし

ないと駄目だ。あなたの国には立派な日の丸があるではないか。われわれと同じようにしろとまでは言わないが、もっと国旗を大事にしないといけない」

思わぬことを言ってきて、私は、はっとした。「あっ、まったくそのとおりだ！」と。大変な衝撃を受けた。それまでは何気なく、ただ当然のこととして祝祭日に国旗を掲げていたが、アメリカ人にその真の意義・意味を思い知らされた気がした。このとき以来、私の家だけでなく、隣と上に住む二人の息子夫婦の家とあわせた三家族が、朝から競って日の丸を出すようになった。

日本の国は戦争に負けて、国全体が国旗を忘れてしまった。国旗、国歌を尊び、祖国を愛する精神をもっと高揚しようではありませんか。

あとがき

私が実施部隊で戦ったのは大戦後半から末期の苦しい時期であったため、勝ち戦を一度も経験したことがなく、残念で悔しい思いをした。一度でいいから勝ち戦を経験したかったというのが偽らざる気持ちだ。

空戦ではつねに敵機の数がわが方より数倍〜数十倍も多かった。敵の十三ミリ機銃の威力もすごかった。そしてアメリカは空中電話の交信がかっちり確立していた印象だった。

私が実戦で戦った昭和十九年から二十年は、日本とアメリカの国情の差がはっきりと出ていた。空中戦でいくら敵を墜としても、墜としても、つぎの日には敵は倍ほどの数でふたたびやってくる印象だった。アメリカという国の仕組みはいったいどうなっているのか、と不思議に思えるほどだった。かたや日本は搭乗員や物資が不足しても補充はなく、櫛の歯が欠けていくように、悲しいほどに戦力が落ちていった。

グラマン（F4F、F6F）、シコルスキー（F4U）、P38、P51、B24、B29。いろいろ対戦したが、どの機体も分厚いジュラルミンを使っていて弾が当たっても簡単には墜ちない。どれも日本の飛行機の倍以上の重量はあったが、エンジンの馬力が大きいのでいずれも俊足だった。

一方、日本の飛行機の材料は薄く薄くしてある。それでも材料は足りなかった。薄くすることで身軽になり、格闘戦では運動性能が上がる利点もあったが、敵の掃射が当たるとすぐに火災をおこす弱点にもなった。

古い搭乗員が少なくなった大戦後半に日本軍と空戦をした米軍パイロットによると、零戦は弱いから見つけると「これはしめた」とみな思ったそうだ。でも零戦が弱いのではない。搭乗員の数も技量も足りなかったのだ。飛行時間が五十時間や百時間くらいで十倍もの数のグラマンと空戦して勝てるはずがない。

そして、アメリカは国情や物量が日本より優位であっただけではなかった。精神的な部分でもアメリカの搭乗員は不屈の精神、つまり日本の大和魂と同等の、立派な「ヤンキー魂」をみな持っていた。当時の日本人は米国人を少し見くびっていたとこ

昭和18年12月、松山基地格納庫前。1航艦第263航空隊豹部隊搭乗員（玉井司令のぞく）集合写真。零戦の発動機左下で顔だけ写っているのが筆者

ろがないだろうか。当時、日本で揶揄されていたように、「アメリカ人は個人主義、家族第一主義だから腰砕け」といったことは決してなかった。家族を大事にすればゆえに国を愛し、現場の兵士は戦っていたのだ。彼らは戦場で決して逃げ回ったりしなかった。

戦後、志賀飛行長から聞いたが、アメリカ軍は紫電改を「GEORGE（ジョージ）」というコードネームで呼び、三四三空にはとくに警戒するよう交信しているのを傍受していたが、そんなわれわれのような相手に対して何度も、何度も向かってくるほどに勇敢だった。

戦争というものは戦場で実際に戦う兵隊

紫電改を受領のため、川西航空機鳴尾飛行場にて。左から松村政二大尉（海兵71期）、新里光一上飛曹、杉田庄一上飛曹、筆者、藤野民雄上整曹

だけでなく、国民全員に対しても大変厳しいものだった。そしていまみたいにお金さえ出せばなんでも買えるというような時代ではなかった。食べるものもなかった。それでも日本の国民は男も女も子供もみな耐え忍んだ。戦争は失うことばかりで何も得るものはない。戦争は二度と繰り返してはいけない。戦争にならないように努力しないといけない。

フィリピンから内地に帰ってきたとき、学徒動員の女学生が機体の整備をしていたのを基地で見て驚いたことがあった。人手が足らず、女学生の手を借りなくてはならないとは。家内は、「学徒動員で兵庫県の豊岡（八鹿）の軍需工場に行き、紫電改の尾翼の部品をつくっていました」とのことだったので、「お前、ようつくってくれたのう」と労《ねぎら》った。しかし、どんなに国民総出で軍需工場を動かしても、巨大工場で大量生産する敵には物量で負けてしまう。

そして、国を守るために志願し、予科練を卒業した後のわれわれのなかには、飛練で赤とんぼに乗り、厳しい訓練を耐え、一人前になった戦友もいるし、事故で殉職した戦友もいる。特攻で死んだ戦友もいるし、空中戦で戦死した戦友もいる。戦後生き残って日本再建のために尽くした戦友もいる。その後の運命は千差万別だった。

予科練出身は空の志願兵だから、偉い人たちがどう考えていたか、作戦がどうだったか、そんなことは何も考えず、ただひたすらに目の前の戦いに勝つことだけを考えていた。そして十八歳前後の若者が、祖国日本のためにたくさん死んでいった。

私はいまは市井に生きる一般庶民の一人だ。それでも、日本に生をうけ、日本で育って生きる以上、日本の国をいかに守るかを考え、死を賭してでも祖国日本を、そして自分の家族を守りきるという気概でいることにはいまも変わりがない。もちろん、これは現代を生きる人たちが学校で習ったこととは大きな隔たりがあるかもしれないし、いろいろな思想・信条の人がいるなかで、私は自分の考えを人に押しつけるつもりはないし、押しつけられたくもないと思っている。

「零戦の会」慰霊祭集合写真（平成26年9月、靖國神社にて）

振り返ると、私は終戦の日まで日本が戦争に負けるなどと思ったことは一度もなかった。勝つために徹底的に、一機でも多くの敵を墜とす。十代の少年だったわれわれは、祖国のため、家族のためであれば生命をも惜しまずという気概で戦い、多くの犠牲を払った。そのことを私の手記を読んでわかっていただけたら、私は大変うれしく思う。そして、戦争が終わり、生き延びた人々の努力によって、いまの日本がつくられたことも忘れてはならないと思う。

戦時は雲の上の人であった源田司令には自宅や参議院会館を訪ね、「司令」「笠井」と当時の話もさることながら、戦後の身のふり方まで心配いただくなど、大変懇意にしていただいた。また、志賀飛行長には社長・会長をしておられた会社に何度も訪れ、零戦搭乗員会の事務局をしていただいていたこともあり、慰霊祭や会合でずいぶんとお世話になった。お二人とは戦後、軍籍を離れてごく親しい先輩という風でお付き合いをいただき、これにはきっと菅野大尉も杉田兵曹も苦笑いしているにちがいない。

生き残った甲飛十期の同期連中や戦友、御遺族の方とは慰霊祭などを通じて交流を長くつづけている。また、年に一度、九月第二日曜には靖國神社でＮＰＯ法人零戦の会（前・零戦搭乗員会）が主催する慰霊祭が開かれるので、体調のゆるすかぎり毎年出席し、靖國に眠る戦友たちに会うことにしている。慰霊祭にはつい最近まで元搭乗員が百五十人くらいは集まっていたが、みな年老いてつぎつぎに亡くなっていく。だから、フィリピンの特攻のことなどを私のように実体験として語れる中堅搭乗員は、いまはもう一人も残っていない。現在の会には若い戦争を知らない世代の方も多数参加されていて、その方々と話をさせていただくのも生き残った私の務めとしている。

私は幸か不幸か、いままでよく生き延びたと思う。生きながらえたことを心苦しいと思ったことは何度もあるが、いまは生き残った人間として、どういう思いでわれわれが戦場へ赴いたのかということを、そして、いっしょに戦い、亡くなった戦友については、「あの人はこうして一所懸命に戦っていった」という、遺勲と感謝の気持ちを、そして彼らが礎となっていまの日本の平和があることを、正確に後世に語り伝えていく責任と、使命があると思っている。

ところで、司令から再度のお召があるとのことなので、ずっと連絡を待っていますが、戦後七十年を経ても、お召はいまだにありません。

最後に、靖國神社に祀られる英霊に対し、心から深く感謝と鎮魂の誠を捧げます。

笠井智一

平成二十八年八月

寄稿

雄著である。

真珠湾攻撃から半年も経たない昭和十七年四月、まだ幼顔が残る十六歳になったばかりの笠井智一氏は、当時心身ともに健全な多くの若者が目指した、海軍甲種飛行予科練習生の難関を突破して帝国海軍パイロットの道を歩みはじめた。

本著は、想像を絶する過酷な操縦訓練、命を懸けてのアメリカ軍機との空中戦闘、血肉を分けたかのような戦友の死、特攻作戦、上官との人間関係等、笠井氏がみずから体験したことを著わした自叙伝である。

しかしそこには、みずからの体験を誇張し自慢するでもなく、あるいは特攻を無用に美化したり、逆に悲惨さを強調したりすることもなく、当時の状況、体験が淡々と表現されている。

そして現在、これらのことを語ることが出来る実体験者はほとんどいない。それゆえ本著は単なる自叙伝では終わらない、後世に残すべき貴重な体験記録である。

終戦の数日後、上官であった海軍大佐源田実司令が、「再度のお召がある。そのときまで体を大事にして地元にて待機せよ。死のうなどと思うな。お召があったら必ず来るように」と笠井氏たちに語ったと言う。

戦後七十年を経て、笠井氏が九十歳の老齢の身に鞭打ち本著を世に残すことが、「再度のお召」ではないだろうか。

（平成二十八年八月　記）

第二十九代海上幕僚長　赤星慶治

編者後記

平成二十四年正月。その紳士は伊勢・外宮のバスロータリーに翻る日の丸に正対して敬礼をした。彼が国旗掲揚ポールの下にある石碑に目を移すと、そこには昭和の思想家、安岡正篤《まさひろ》先生作詩の「國旗」が刻まれていた。

戰敗萬家忘國旗（戦敗れて萬家国旗を忘る）
星条翻処慘看旗（星条ひるがえる処慘として旗を看る）
興邦正氣原存此（邦を興す正気はもと此に存す）
願教斯民愛國旗（願わくばこの民をして国旗を愛せしめん）

平成二十六年九月、神戸・三宮の勤労会館の一室。ある団体主催の講演を聴きに行った私の耳へ、最初に飛び込んできたのが、この詩を朗読する声だった。

その声の主は、主催者が用意したマイクを使用せず、背筋をぴんと伸ばし、航空機をモチーフにしたネクタイピンを留め、腹の底から響き渡る野太い声で話しはじめた。

御年八十八歳の御高齢と事前に聞いていたので、マイクで拡張したとしても声は聞き取りにくいはずだと、私は一番前の席を半ば割り込むようなかたちで確保した。「よし、一字一句もらさず聞き取るぞ」と耳を傾け、構えたところだったので、この大声にいきなり面食らうこととなった。

祖国日本の運命のために、当時十七歳から二十代の若者たちが驚異的な敢闘精神をもって空戦に挑みつづけ、何倍もの数の敵に立ち向かい奮闘し、敵機を撃墜し、撃墜され、体当たりしていったことを淡々と、ときに野太い声で語った。私はその内容に愕然としながらも、同じ日本人として誇りに思い、静かな興奮をおぼえた。

講演は予定の時間をオーバーして終了した。そのとき、だれからともなく「君が代」をその場にいる全員で斉唱することが決まった。講演者の祖国を想う純粋で一途な気持ちに触れ、話を聞き終えた会場の人はみな、どうしても国歌を歌いたくなったのだと思う。

そして、この「紳士」こそが、本書の語り手、笠井智一さんである。

講演終了後、聴講者の一人から笠井氏に「著作本はありませんか？」との質問が出たが、ご本人は、「いえいえ、そんなんは……とんでもありません」と答えながら神妙な表情の顔前で小さく手を左右に振った。これまで本にされなかったのは、さまざまな理由があってのことだろうと私なりに理解しながらもたいへん残念に感じた。しかし、笠井氏の体験や想いをひろく日本の人たちにも知ってもらいたいし、子供たちの世代、その先の世代に伝えていくためにも文字として残してもらいたい、という思いがどうしても強かった。もし本人が遠慮されているのなら、かわりにだれかがやらなくては。いや、他人任せではなく自分でやってみようと思った。

笠井氏のこのとてつもなく波瀾万丈な人生、そして想いを絶対に記録に残さなくては、という一方的な使命感、そして残された時間の少なさへの焦燥感で私は体が震えた。

後日、私は身の程知らずの一介のサラリーマンではあるが、笠井氏に自叙伝を書いてほしいので、その手伝いをします。だから取材をさせてほしい、という思いを手紙で綴ったところ、ほどなく本人から了承の返事を受け取った。そして、平成二十六年十一月から翌二十七年十二月まで、伊丹シティホテルのラウンジで数回にわたり聞き取り取材をさせていただいた。

取材初日、笠井氏は、

「せやけど私は、海軍兵学校でも陸軍士官学校出身でもなく、よって士官でも指揮官でもない一介の志願兵です。私のような者の話が果たしてお役にたてますかどうか……」とおっしゃった。

命を惜しまず祖国日本のために戦ってこられた前線の戦士に、士官も下士官兵もない。私は笠井氏の誠実な人柄に惹かれ、この人から真実の物語を聞き、文字に残したいと改めて強く願った。

取材を進めていくなかで、昭和四十四年生まれの私は、先の大戦で祖国の運命をかけてあらゆるものを犠牲にし、生命までも賭して躊躇なく奮戦して敵から畏怖された搭乗員たちが、望郷の思いで泣き、三メートルの高さのプールの飛び込み台を怖がり、やんちゃをして笑う普通の少年であったことを知った。

取材の途中、茨城県阿見町にある予科練平和記念館・雄翔館を訪れ、笠井氏の出身期は総員千九十七名中、七百七十七名が戦死という展示を見て言葉を失った。帰り際に西日を反射する霞ヶ浦の湖畔に立ってみると、予科練生のカッターが目の前を漕艇

している ような錯覚を覚えた。

飛行機乗りに憧れた純粋な少年たちが厳しい罰直と訓練に必死に耐えながら予科練・飛練へとすすみ、さらに鍛錬をかさね、「海鷲」と国民に頼られる海軍搭乗員に巣立っていった数多くの無名戦士たちに私は思いを馳せ、かぎりない感謝と愛惜をおぼえて胸が熱くなった。

そして、大戦中の尊い犠牲と戦後生き残った方々による大変な努力によって経済が発展し、その恩恵を現代の日本人がいちばん享受しているにもかかわらず、それらを築き上げた数多くの人々が公にあまり顕彰されることも、顧みられることもなく忘れ去られている現実がとても悲しいと思った。せめてもの償いとしてわれわれ現役世代は、外国との親交を深めながらも国益を考え、この美しい日本をしっかり守り、個々の仕事を通じて国の持続的発展のために頑張らないといけないのではないだろうか。

私の祖父もそうだったが、笠井氏のように戦場を体験された方々は、一見、何事もなかったかのように普段の生活を送られているように感じるので、私のような想像力の欠如した人間には、彼らが抱えている戦場で受けた心身の傷がどれほどなのかを知る由もないが、やはり取材の過程で思い出したくないことや語りたくないこともあったように見受けられ、本人にご負担をかけたことは大変申し訳なく思っている。

笠井氏は平和を愛し、英霊を讃えて後世に正しく語り伝えよう、日の丸を大切にして祖国日本の威光を取り戻そうと、ご高齢にもかかわらず日々精力的に活動されている。その気持ちに寄り添い、私なりに笠井氏の自叙伝制作のお手伝いをさせていただいた。

笠井氏は予科練出身で頭脳明晰、ユーモアセンス抜群で、相手を思いやるとても優しい紳士だ。取材でお会いするのがいつも本当に楽しみだった。取材ではご自身で経験されたことをそのまま語り、そうでないことについては「わからない」もしくは「人から聞いた話では」とかならず前置きをされた。飛行機乗りのモットー「正直であれ」の姿勢に清々しさを感じた。

取材日によっては体調がすぐれないときもあったようにお見受けしたが、そういうときでも海軍軍人らしく、約束時間の「五分前」にはかならずお見えになられた。あらためて感謝申し上げたい。

なお、文中にある人物の氏名、階級や各種呼称、日付等の一部については私が本人に代わって調査した箇所がある。万一誤表記等があれば、私にその責めが帰するものであることをあらかじめお断りいたします。

最後に、笠井氏への聞き取り取材を原稿化するにあたり、御息女・多田秀子氏をはじめご家族の皆様、社団法人関西零戦搭乗員会宇治田博士氏、歴史研究家・高橋順子氏、百田尚樹氏ほか、多くの方のご助言をいただいた。この場をお借りして感謝申し上げます。

正源司　剛

文庫版のあとがきにかえて

単行本が二〇一六年に発行されて早四年、文庫化にあたり、自叙伝作成のお手伝いをしたご縁で潮書房光人新社からあとがきを依頼されたため、笠井氏の記録・記憶に基づいた補稿と近況報告の機会とさせて頂いた。

補稿　第二章内「ペリリュー島からサイパン攻撃」

昭和十九年四月の初空戦直後、実戦経験のほぼ無い同期が主力のわが部隊はパラオ・ペリリュー島に進出した。パラオは野生の鶏の声がよく聞こえる比較的平坦な地形で、大小の島が点在する美しい場所だった。しかし、敵は毎日空襲にやって来た。敵艦載機やP38戦闘機を相手に約一ヵ月間、敵七～八機編隊に対して我五～六機の邀撃戦を展開した。

敵機は数も優勢で速度が速く装甲も厚い。練度高く火器も優秀なので、こちらからまともに仕掛ければ必ずやられる。しかし、杉田兵曹は僅かな好機を逃すことはなかった。敵の編隊が近づくと杉田一番機は急降下を合図し、われわれ列機は必死について行った。後ろから敵機が迫り、機銃を当てられる事もあったが、幸い全て急所を外れていた。杉田兵曹が幾度となく後ろを振り返る。最速三百三十ノットを超える速度で海面に向かって二十～三十秒ほど降下を続け、十分に低高度となり敵機が間合いをつめた頃合いで機体を一気に引き上げ、捻り込みで半径を小さくして宙返りを行なうと攻守逆転、今度はわれわれが敵編隊の後方を取り、杉田一番機が肉薄して順番に機銃を浴びせるとグラっと翼をふらつかせて一機、二機と墜ちていった。しばらくすると、敵機のキャノピーから白い落下傘が開くのをみて、私は「やった！」と快哉を叫んだ。

こうして、実戦で辛うじて生き残ったものは鍛えられていったが、機体の故障・損耗は激しく、稼働機が激減した五月末、ハルマヘラ島カウ基地に零戦を受領しにいく事になった。

近況報告

単行本を上梓された二〇一六年の零戦の会を最後に、笠井氏は体調が優れず遠出は難しくなった。講演会などに出席を要請される事もあるが、残念ながらお断わりする事が多くなったという。また、一般の方だけでなく大学生や元自衛官の方など、多くの読者の方からお便りをもらうので、先の大戦に関心を寄せてくれた事に感謝し、お礼の返事も返したいが、筆が進まず大変申し訳なく思っているとの事。

復員後、散華した戦友や上官の遺族を探し、墓参や手紙で練習生時代や実戦部隊での様子を伝え、感謝の気持ちを綴られることを七十余年続けてこられたが、令和の御代があけ、その遺族の方々もほとんどが他界したとの事。また、戦後生き残った戦友や上官とも交流を続け、ある戦友会でのエピソードを聞いた。

空戦技量抜群の佐藤精一郎氏と笠井氏がお酒を痛飲し、終戦直前、ある美しい妻をめとった某准士官が、その後の空戦に積極性を見せなかった事を蒸し返し、「あの時は何だ！」と二人で直接本人に文句を言ったそうだ。二対一で直撃弾を浴びせたので、さぞかし恐ろしい思いをしたことだろう、とにこに笑っていたが、肉親にもまさる情愛で結ばれたこれらの戦友や上官たちも他界し、今はもう誰もいなくなったよ、と物悲しそうにも見えた。

昭和二十二年、大阪セメントに入社した笠井氏は、定年まで工場の現場で働いた。最初は工員から仕事を教わり、朝から夜まで長時間労働だった。家族とまともに顔を合わせることが出来るとすれば日曜祝日のみ。よって、子供たちに父の記憶が少ないのは必然だが、たまの休みには子供を自転車に乗せて近くの伊丹飛行場まで旅客機を見に行ったとの事。五年前の取材時には「空に未練があった」と聞いたが、改めて長女と次男の目の前で質問を投げかけると「いえいえ」と大きな笑みを浮かべていた。戦後は多忙な中にも、家族との穏やかで幸せな時間があったと分かり、少しほっとした。

二〇二〇年八月、NHK「おはよう関西」戦後七十五年特集で、画面の中の笠井氏に久し振りにお会いした。兵庫県加西市「鶉野飛行場資料館」にある紫電改の実物大模型を訪れ、平和祈念の碑に祈りを捧げる映像は凛とされていた。まもなく本人にお会いする機会を得たので、鶉野飛行場の話を伺ったところ、「あれ（模型）はホンマによう出来とるぞ！」。操縦席の計器類も全て忠実に再現されていて、「どこに何の計

上：尾翼の機体番号は笠井氏搭乗機を示す
下：計器盤

器があったか全部覚えているから、あれは間違いない」との事だったので、居ても立ってても居られず、私も見に行った。

軍人や川西航空機社員も利用した最寄りの北条鉄道法華口駅は百年前の姿を奇跡的に残していた。続いて再現された隊門をくぐり、横目に防空壕、衛兵詰所を通過すると、大戦当時にタイムスリップしたような感覚になった。そして、はためく軍艦旗の先の備蓄倉庫に紫電改は堂々たる姿で格納されていた。保存会の上谷哲朗氏の説明によれば、飛ぶ事こそしないが、設計図を頼りに防弾ガラスの厚さなど細部にわたり拘って再現されているとの事。構想から実現に向けての折衝、資料集め、資金集め等々、上谷昭夫館長はじめ保存会の熱意と長年のご苦労に頭が下がる思いだった。

特別に許可を得て、操縦席に上らせて頂いた。笠井氏から「J改の操縦席は広い」と聞いていたが、着座して右手に操縦桿、左手にスロットルレバーを握り、両足を方向舵ペダルの上にのせると息が詰まりそうなくらい狭く孤独な感じがした。そしてプロペラの先に広がる平和な青空を見ながら思った。この紫電改と資料館がある限り、その歴史が遠ざかっていこうとも、必勝を信じて開発・生産に全てを捧げた方々や、その新鋭戦闘機に乗り、国のため、戦友のため命を惜しまず激戦を戦った隊員たちの物語が感謝をもって語り継がれていくことだろう、と。

ところで、笠井氏は御年九四、今でも戦友の事を思い出さない日は一日もないという。

ご家族、お孫さん達に囲まれて、いつまでもお元気でいて下さい。

令和二年九月

正源司　剛

単行本　平成二十八年十月　潮書房光人社刊

NF文庫

最後の紫電改パイロット

二〇二〇年十一月二十二日　第一刷発行

著　者　笠井智一
発行者　皆川豪志
発行所　株式会社　潮書房光人新社
〒100-8077　東京都千代田区大手町一-七-二
電話／〇三-六二八一-九八九一代
印刷・製本　凸版印刷株式会社
定価はカバーに表示してあります
乱丁・落丁のものはお取りかえ致します。本文は中性紙を使用

ISBN978-4-7698-3190-7　C0195
http://www.kojinsha.co.jp

NF文庫

刊行のことば

第二次世界大戦の戦火が熄《や》んで五〇年――その間、小社は夥しい数の戦争の記録を渉猟し、発掘し、常に公正なる立場を貫いて書誌とし、大方の絶讃を博して今日に及ぶが、その源は、散華された世代への熱き思い入れであり、同時に、その記録を誌して平和の礎とし、後世に伝えんとするにある。

小社の出版物は、戦記、伝記、文学、エッセイ、写真集、その他、すでに一、〇〇〇点を越え、加えて戦後五〇年になんなんとするを契機として、「光人社NF（ノンフィクション）文庫」を創刊して、読者諸賢の熱烈要望におこたえする次第である。人生のバイブルとして、心弱きときの活性の糧《かて》として、散華の世代からの感動の肉声に、あなたもぜひ、耳を傾けて下さい。

＊潮書房光人新社が贈る勇気と感動を伝える人生のバイブル＊

ＮＦ文庫

奇蹟の軍馬　勝山号　日中戦争から生還を果たした波瀾の生涯
小玉克幸　部隊長の馬は戦線を駆け抜け、将兵と苦楽をともにし、生き抜いた！　勝山号を支えた人々の姿とともにその波瀾の足跡を綴る。

世界の戦争映画100年　1920〜2020
瀬戸川宗太　アクション巨編から反戦作品まで、一気に語る七百本。大作、名作、知られざる佳作に駄作、元映画少年の評論家が縦横に綴る。

横須賀海軍航空隊始末記　医務科員の見た海軍航空のメッカ
神田恭一　海軍精鋭航空隊を支えた地上勤務員たちの戦い。飛行機事故の救助に奔走したベテラン衛生兵曹が激動する航空隊の日常を描く。

わかりやすい朝鮮戦争　民族を分断させた悲劇の構図
三野正洋　緊張続く朝鮮半島情勢の原点！　北緯三八度線を挟んで相互不信を深めた民族同士の熾烈な戦い。〝一〇〇〇日戦争〟を検証する。

秋月型駆逐艦　戦時に竣工した最新鋭駆逐艦の実力
山本平弥ほか　対空戦闘を使命とした秋月型一二隻、夕雲型一九隻、島風、丁型三二隻の全貌。熾烈な海戦を戦ったデストロイヤーたちの航跡。

戦犯　ある軍医の悲劇　冤罪で刑場に散った桑島恕一の真実
工藤美知尋　伝染病の蔓延する捕虜収容所に赴任、献身的治療で数多くの米比兵を救った軍医大尉はなぜ絞首刑にされねばならなかったのか。

＊潮書房光人新社が贈る勇気と感動を伝える人生のバイブル＊

ＮＦ文庫

海軍攻撃機隊 高岡迪ほか
海軍航空の攻撃力を支えた雷爆撃機列伝
艦攻・艦爆に爆装零戦、双発爆撃機、ジェット攻撃機とロケット機、大型機、中攻、下駄ばき機まで、実力と戦場の実相を綴る。

海軍大佐水野広徳 曽我部泰三郎
日米戦争を明治に予言した男
機動部隊攻撃、フィリピン占領、東京空襲…太平洋戦争は水野大佐の予測どおりだった！　気骨の軍人作家の波瀾の生涯を描く。

彩雲のかなたへ 田中三也
海軍偵察隊戦記
九四式水偵、零式水偵、二式艦偵、彗星、彩雲と高性能機を駆り幾多の挺身偵察を成功させて生還したベテラン搭乗員の実戦記。

海軍と酒 高森直史
帝国海軍糧食史余話
将兵たちは艦内、上陸時においていかにアルコールをたしなんでいたか。世界各国の海軍と比較、日本海軍の飲酒の実態を探る。

日本軍隊用語集〈下〉 寺田近雄
辞書にも百科事典にも載っていない戦後、失われた言葉たち――明治・大正・昭和、用語でたどる軍隊史。兵器・軍装・生活篇。

戦闘機対戦闘機 三野正洋
無敵の航空兵器の分析とその戦いぶり
最高の頭脳、最高の技術によって生み出された戦うための航空機――攻撃力、速度性能、旋回性能…各国機体の実力を検証する。